光文社文庫

文庫オリジナル／傑作時代小説

服部半蔵の犬
奇剣三社流 望月竜之進

風野真知雄

KOBUNSHA

光 文 社

本作は書下ろしを含め、
光文社文庫オリジナル作品です。

目次

奇剣三社流　望月竜之進

服部半蔵の犬

第一話　番町皿屋敷のトカゲ

一

閑古鳥《かんこどり》が鳴いている。静かな道場に、響き渡るように聞こえている。

「ぽっぽっぽうぉお」

という声である。

――閑古鳥というのは、ほんとにいるのか。

と、一瞬思ったくらい、その呼び名がぴったりだった。

大方、山鳩《やまばと》だろうとは思う。

山鳩にしてはかすれたような声だが、人にも酒の飲みすぎや煙草の吸いすぎで声がおかしくなった人がいたりする。鳥にそんなのがいても不思議ではない。

いちおうたしかめようかとも思ったが、腹が減っているので起きる気がしない。数日前から手元不如意《ふにょい》のため、昼飯を抜くようにしている。

二月ほど前に、望月竜之進《もちづきりゅうのしん》は道場をひらいた。

江戸の知り合いが、平川町《ひらかわちょう》の一丁目に小さな道場が空いたので、ぜひやってみたらと勧めてくれた。近くに藩邸が多く、若い侍も大勢行き来しているところだと。

道場はこれまで何度もひらいた。しかし、すぐにつぶれる。ひらいてはつぶしの繰り返しである。自分でもよく懲《こ》りないものだと思う。

今度もひらいた当初は、入門者が相次いだ。

ところが、あまりにも稽古が厳しすぎるというので、弟子はたちまちいなくなった。つぶれるのはいつも、これが理由である。

いまは、技はまるで駄目だが、身体だけは丈夫な若い大工と、七歳と六歳の男の子の兄弟が残っただけである。

教えるほうからすると、そんなに厳しいとはどうしても思えないのだ。

これ以上、稽古をゆるくしたら、遊びになってしまう。

それが、弟子たちにすると、ついてこられないほどらしい。

遊びでいいのだと囁《ささや》く者もいる。もはや、剣など必要ではないのだからと。遊びなら釣り竿《ざお》や笛を持てばいいので、物騒《ぶっそう》な剣を持つ必要はない。

——まいったな。

それは正直な気持ちである。実際に旅に出ていたほうが、よほど実入りもよかった気がする。

しかも、道端には実のなる木もあれば、川には魚がいたりするので、食うほうもなんとかなったりする。江戸は金がないとすぐ腹にくる。

「ごめんくだされ」

玄関で声がした。

「………」

もしかしたら借金取りかもしれない。

耳を澄ましていると、

「こちらは三社流《さんじゃりゅう》望月竜之進どのの道場でございますか?」

玄関のわきにそう書いてあるのに、わざわざ口にしたというのは期待ができる。

竜之進は、立ち上がって玄関に出た。

若い武士が立っている。歳のころは二十代半ばといったところか。紺の着物に白袴《しろばかま》。そう贅沢《ぜいたく》ではないが、きちんとした身なりをしている。

「なにかな」

「こちらに入門させていただければと思いまして」

「そうですか。ま、話を聞きましょう」

と、迎え入れた。

ひさしぶりの新しい入門者である。だが、もの欲しそうにならないよう気をつけた。

「中原善吾《なかはらぜんご》と申します。小野田《おのだ》藩の江戸屋敷に勤める者です」

「小野田藩?」

あまり聞かない名である。

「はい。西国《さいごく》にある一万数千石という小さな藩ですので」

「なるほど」

一万石からが大名《だいみよう》なので、ぎりぎり下のほうである。

だが、それを恥じているふうもなければ、虚勢《きよせい》を張るようすもない。いかにも素直そうな若者である。

「では、軽く手合わせさせてもらおうか」

筋が悪いようなら悪いなりに適当に相手をし、入門料だけでもいただくつもりでいる。我ながらこすっからいやり方だと思うが、しかし、背に腹は替えられない。

入ってしまえば、あとはいつもの厳しい稽古をする。遊びにするつもりはない。

中原善吾は、背が高い。だが、身体は細く、剣術よりも踊りでもやったらさぞうまそうである。

「どこからでも」

と、打ち込ませた。

面に来たのを受ける。胴に来たのを払う。小手《こて》は軽く合わせる。

どれも立てつづけには来ない。要らない間があく。

次にこっちから打ち込んだ。面から胴へ、下がりながら小手。一つの流れになっている。中原は、合わせるのが精一杯で、しかも手がしびれたらしい。竜之進がいったん下がったところで、からりと木刀が落ちた。

「剣術はどれくらい学ばれたかのう?」

と、竜之進は訊《き》いた。

「は、物心《ものごころ》がついたころから」

五、六歳のころには木刀を手にしていたのだ。
「その後は?」

「一刀流《いっとう》の道場で学びまして、途中、小太刀《こだち》の義経《よしつね》流に移ったのですが、ふたたび一刀流に戻りました。ただし、この一、二年は多忙になって月に二度ほどしか通っていませんでした」

「なるほど」

いちおう、木刀はかなり振り回してきたらしい。

剣筋はしっかりしている。

だが、あまりにも素直すぎる剣である。それに筋力が足りない。

——これでは実戦になると、あっという間に斬られるだろう。

汗をぬぐっている中原善吾に訊いた。

「なぜ、この道場に?」

「じつは十日ほど前に立ち回りを拝見しまして」

「立ち回り?」

「はい。溜池《ためいけ》の畔《ほとり》で」

「ああ、あれを見ておられたか」

思い出した。あのあたりで三人連れを叩きのめしたことがあった。

あの日——。

竜之進が溜池の近くのそば屋に入っていたら、中間《ちゅうげん》崩れらしい三人組が、おなじみのいちゃもんをつけ始めたのである。

「おい、あるじ」

「なにか？」

「ひでえな、このそば屋は。そばの中にヤモリを入れてるぜ」

「え、そんな馬鹿な」

「馬鹿なじゃねえよ。現に入っていただろうが」

と、ひとりが掛けそばの中から黒っぽい小さな生きものを箸でつまみあげた。

熱いダシ汁の中で溺れたのか、ぴくりとも動かない。

近くにいたふたり連れの女の客が、それを見て、

「きゃあ」

と、悲鳴を上げた。

「客にこんなものを食わせて、のうのうと商売ができると思うなよ」

「そうだ、そうだ。わしらはそこの黒田《くろだ》さまのお屋敷に出入りしている者だがよ」

　と、有名な大名の名前まで持ち出してきた。どうせ、たまに駕籠《かご》のお供をする程度にちがいないのだが。

　三人とも体格はよく、もみあげを大きく伸ばしていかにも恐ろしげである。

　そば屋のあるじも、なかなかの男ぶりなのだが、すっかり震え上がっている。

とそこへ——。

　隣でもりそばを食っていた竜之進が覗《のぞ》きこみ、

「いやあ、ちがうな」

と、言った。口にそばが入っているので間抜けな口調になる。

「は？」

三人はいっせいに、なんだこいつという顔を竜之進に向けた。

「いや、ちがうんだ。それは、ヤモリではなく、トカゲなんだよ」

「なんだ、こいつ。どっちでも似たようなもんだろうが」

「似てるけど、ほんとはだいぶちがうんだなあ」

「どこがちがう？」

と、ひとりがつられたように訊いた。

「いろいろちがうのだが、足の大きさがちがうんだ。ヤモリのほうが、指が太くてかわいらしい。トカゲの指は細いんだ。それは細いだろ」

ほんとにそうだったので、三人は顔を見合わせた。

「それから、頭を触ってみな。トカゲの頭はここらが硬いけど、ヤモリはこのあたりがふわふわしてるから。それはたぶん硬いぞ」

と、竜之進は自分の頭のてっぺんあたりを撫《な》でながら言った。

「……………」

ひとりが触った。竜之進の言うとおりに硬かったらしく、うなずいて、

「おめえ、くわしいな。いつも食ってんじゃねえのか」

と、言った。この冗談に仲間のふたりも、

「わっはっは」

と、嬉しそうに笑った。

「それとな。これがいちばん大事なことなんだが、ヤモリというのは家の中に棲《す》むんだ。トカゲは外に棲む。つまり、それがトカゲだってことは、このそば屋の中で入ったんじゃなく、外で拾ったのをここで中に入れたんだよ。ほれ、尻尾が

ちぎれてるだろ。それは、捕まりそうになって、あわてて尻尾を切ったのさ」

竜之進がそう言うと、三人は立ち上がって、

「ふざけるな」

「やせ浪人、なめるなよ」

「表に出ろ」

口々にわめいた。

「いや、わたしは別に乱暴なことをしようというのではないのだ。ただ、つまらぬ脅しをする暇があれば、モッコの一つもかついではどうかなと」

余計なことを言って、ますます怒らせてしまうのは、竜之進の悪い癖である。

「いいから出ろよ」

と、三人は身体を押しつけたり、袖を取ったりする。

しょうがないなと、竜之進は自分から外に出た。

外は初夏の爽やかな風が吹いていた。

お城の外濠《そとぼり》とつながっている溜池には睡蓮《すいれん》が浮いていて、風にゆらゆらと揺れるのも見えていた。

そんなのんびりした景色の中で、三人はすぐに、持っていた武器を構えた。ひ

とりは六尺棒で、あとのふたりは木刀である。

「それはつかわぬほうがいいぞ。わたしも刀をつかわなければならなくなるから。なあに、つかうと言っても、峰打ちにするから、命に別状はないようにするがな」

と、竜之進は歩きながら言った。

「やかましい。抜けるものなら抜いてみやがれ」

そう言いながら、六尺棒を竜之進の首のあたりに振り降ろした。

これをのけぞってかわしたと思うと、竜之進は稲妻のように左右に激しく動きながら、三人のあいだをすり抜けた。

「あ、痛《いた》たたた」

三人は次々に腕をおさえながら、地面に転がっていったのである……。

「あれをご覧になったか」

と、竜之進はいたずらが見つかった子どものような顔をした。

「はい。三人を相手に見事な動きでござった。いったい、どのような流儀《りゅうぎ》を学べば、ああした剣がつかえるようになるのかと、ひそかに後をつけさせていただきまして」

「この道場にたどりついたと」

「はっ。ご無礼はご容赦願います」

中原善吾は生真面目《きまじめ》な顔で頭を下げた。

「なあに、そんなことはいいのだが、なぜ三人相手というのにこだわるのかな」

望月竜之進は、自らが練り上げた剣法を三社流と称した。これは三人を相手とするのを基本にしているところからきたのだが、相手を三人に限定しているわけではない。ただ、三人を相手にできれば、あとはいくら増えてもそう大差はない。なぜなら、ひとりの前に立てるのはせいぜい三人で、それ以上になれば味方を傷つけたり、味方の剣で斬られたりするのだ。

「はい。喧嘩《けんか》になりそうな相手に仲間がおりまして」

穏やかな顔を赤く染めて、中原は言った。

大方そんなところだろうとは思った。遊び半分の連中は、もっと目立つところにある派手な道場に行く。怨みつらみもなしに、わざわざこんな目立たないところにある道場に修行に来たりはしない。

「この道場の稽古は厳しいぞ」

いちおう念を押すと、

「なにとぞ」

と、頭を下げた。

もちろん、小藩とはいえ、大名家のご家来は大歓迎である。芋づる式に弟子が増えないとも限らない。

さっそくに入門の謝礼などの約束をかわした。中原はしばらく毎日でも通ってくるつもりだという。

「それにしても、先生……」

と、中原はさっそく弟子の言葉になって、

「トカゲとヤモリの違いなど、よくご存じでしたね」

と、訊いた。

「トカゲとヤモリだけではない。マツムシとスズムシの区別も、イナゴとバッタの区別もつけられるぞ」

「へえ」

「なあに、なんということはない。ただ、小さいころから単に生きものが好きだったというだけでな」

「生きものが?」

「かわいいものでな。しかも、よく虫けらとか畜生のくせになどと生きものを罵《ののし》る人がいるが、わたしに言わせれば人間のほうがよほどひどい」

「はあ」

「ところが不思議なものでな。生きものが好きなのに、生きものが関わる面倒ごとにしょっちゅう巻き込まれる。一度などは、虎に食われそうになった」

「虎に? ご冗談を。わが国に虎はおりますまい」

「そうよな。いないはずのものに食われそうになった」

竜之進が大真面目な顔でそう言うと、

「あっはっは」

と、中原は面白い冗談を聞いたように大声で笑った。

中原善吾が入門して半月ほどした頃——。

竜之進の用事と重なって、愛宕下《あたごした》にある中原が住む小野田藩江戸屋敷の前までいっしょに歩く機会があった。

「頑張っているではないか」

歩きながら竜之進は言った。

「ありがとうございます」

実際、中原はよく稽古についてきている。

思ったより根性もある。

三社流はとにかく足を使う。相手より速く動き、むだな動きを入れずに、相手の腕を撃つなり斬るなりして、剣をつかえなくする。

剣がつかえない相手など、いくらいても、ものの数ではない。

そのため、竜之進はしばしば弟子たちを走らせるのだが、これはたいがいの弟子に嫌がられた。なかには「飛脚《ひきやく》になるために、こちらに参ったのではない」と、はっきり拒否する者までいた。

だが、中原は言われたようにちゃんと走った。

むろん、確実に腕を上げている。

ただし、複数を相手に喧嘩となると別である。この前、ちらりと言ったそのことがどうにも気になっていたので、

「まだ、いるのかな。喧嘩になりそうな相手は？」

と、訊いた。

「あ、はい」

「よかったら、話をしてもらえぬかな」

半月の付き合いで、この若者はくだらないことで腹を立てたりする性格ではないとわかっている。だから、なおさら心配になっている。

「はい。ご内密にお願いしたいのですが……」

と、中原が話してくれたのは——。

中原の父は、小野田藩の江戸屋敷で用人《ようにん》をつとめている。ただ、だいぶ老齢で、そろそろ倅《せがれ》の善吾が仕事の大部分を肩代わりしつつある。

「そんなおり、先月のことですが、主筋《しゅうすじ》である鍋島《なべしま》公からいただいた柿右衛門《かきえもん》の甕《かめ》を、奥方さまが割ってしまったのです」

「柿右衛門？」

知らない名前が出てきて、話がわからなくなった。

「あ、柿右衛門というのは肥前有田《ひぜんありた》にいる陶工《とうこう》で、酒井田《さかいだ》柿右衛門という人です。この人がつくる赤絵《あかえ》の磁器《じき》はそれはたいそう美しいもので、いま、ひそかに着目され、大名や豪商たちが争うようにして欲しがっているものです」

「それを割ったのか。そそっかしい奥方だな」

と、竜之進は笑った。

「いえ。持っていたとき、甕の中にトカゲが三匹ほど入っていたので驚いた拍子《ひょうし》に、つい手を滑らせてしまったのです」

「トカゲとな」

またトカゲである。生きものがらみで面倒なことが起きなければいいがと、竜之進は思った。

「あ、ヤモリかもしれませぬな」

「なあに、そんなことはどっちでもいいのさ」

と、竜之進は苦笑した。

「しかも、この一件がなぜか旗本奴《はたもとやっこ》に知られてしまい、内密にして欲しいなら金子《きんす》を用立てろと脅してくるようになったのです」

旗本奴というのは、平和を持て余した血の気の多い不良どもである。旗本などというのは、いくさがなければ暇なものである。暇だと、小人閑居《しょうじんかんきょ》して不善《ふぜん》をなすのたぐいで、まずろくなことはしない。

「金は渡したのか？」

「いくらか渡してしまったのです」

「なるほど、そういうことだったか」

竜之進は納得した。

気持ちのいい天気なので、いったん桜田濠《さくらだぼり》沿いの道に出てゆっくりと坂を下り、日比谷《ひびや》濠のところで右に折れ、外桜田に入った。ここらは大藩の江戸屋敷が整然と並ぶところで、人けも少なくしんと静まり返っている。

「やはり、気になることがある」

と、竜之進が言った。

「なんでしょうか?」

「まず、そういう手合いに金を渡したのはまずいな」

「まったくです。最初、わたしの留守中に来て、父が殿と相談し、渡してしまったのです。殿はお優しい性格ですので」

それは、優しいというのとは違う気がする。

「それに、なぜか知られたというのはありえぬだろう」

「そうでしょうか」

「まちがいなく、そなたの藩邸のほうから洩《も》れている」

「ううむ」

「もしも、こじれることになれば、本気でやるつもりかな」

「いや、なんとしても喧嘩をするという気持ちはありません。ただ、いざというときは喧嘩も辞さぬという態度によって、交渉ごとは違ってきますので」

たしかにそうである。

「だが、相手が旗本奴たちというのはな……」

相手にするには面倒すぎる。町奴《まちやっこ》と呼ばれる無鉄砲な町人の連中が歯向かっているが、けっして旗色はよくない。

中原の足が止まった。

「ここです。当藩の江戸屋敷は」

いくら小藩とはいえ、門構えはやはりたいしたものである。

すると、門のわきのくぐり戸が開いて、中からお女中がひとりあらわれた。

「おう、わかばではないか」

「あっ、中原さま。お出かけでいらしたのですか」

「うん。剣術の稽古にな。こちらはわたしの剣術の師匠である望月竜之進先生だ」

「これはどうも」

と、軽く頭を下げた。竜之進は愛想《あいそ》というのはあまりない。
小柄で愛くるしい顔立ちの娘である。
だが、ちょっと慌《あわ》てた気配があったのが気になった。
わかばは愛宕山のほうに、早足で行ってしまう。それを見送りながら、
「ところで、先生。今日はどちらに？」
と、中原が訊いた。
「うむ。知り合いから、ちと頼まれごとがあってな」
と、言葉を濁《にご》した。
その説明に嘘はないが、あまり言いたくない話である。
じつは、前に居候《いそうろう》をしたことがある芝神明《しばしんめい》の豪商の飼い猫がいなくなった。
見つけてくれたら三両やると言われたのだ。
竜之進は目がいいので、猫捜しなどは得意中の得意である。しかも、その猫は
居候のときもなついていた。
なにせ三両である。猫だろうが、ねずみだろうが、なんだって捜す。
「では、またな」
竜之進は勿体《もったい》ぶった顔で別れを告げた。

二

さらに三日ほどして——。

「竜之進さんよう、送ってくれよ」

「なんだ、おせん坊じゃないか」

おせんは道場の近所にある長屋の娘である。ここの母娘には飯をつくってもらっている。ときどきみそ汁の具に得体《えたい》の知れない葉っぱが入る以外は、母娘ともにうまい飯を食わせてくれる。

おせんの歳は十五らしいが、小柄なので十くらいと言っても信じてしまう。当人はそれが悔しいらしく、一丁前に化粧などしている。しかも、その化粧は、母親がうんざりするくらい濃い化粧なのだ。

蓮《はす》っ葉《ぱ》だが気はいい。ただ、言葉遣いのひどいのには、呆《あき》れてしまう。だいたい、江戸の娘たちは言葉遣いがひどく、男と同じような口をきくのだが、このあいだなどはちょっとからかったら、

「ぶっとばすぞ、てめえ」

と言った。これには竜之進もさすがに眉をひそめ、

「おせん。そういうことをいきなり言うと、ほんとに刀を抜くやつだっているから気をつけろよ」

そう忠告したら、

「人を見て言ってるに決まってるだろ。いきなり言ったら馬鹿だろうが」

と、言い返された。

「夜に番町《ばんちょう》まで用事があって行かなくちゃならないんだよ。怖いからいっしょに行ってくれよ」

「おせんでも怖いものがあるのか」

と、からかうと、

「そういうことは言うな」

猫にろうそくの火を近づけたときのような顔でむくれた。

「なんか、うまい儲《もう》け仕事があったんだろ。それくらいいいじゃないか」

「なんで、そんなことを言う？」

「だって、溜まっていた飯代だけでなく、半年先までくれたって、おっ母《かあ》から聞いたぞ」

「……」

もちろん、猫のおかげである。

「番町など、近ごろは屋敷も増えて、怖いことなどなさそうだがな」

「あれ、知らないのかい。いま、噂になっている番町皿屋敷のことを」

「ああ、あれか……」

竜之進も、弟子の男の子ふたりと、大工の若者からそれぞれ別々に聞いた。ずいぶん違っているところもあったが、番町の青山《あおやま》家に出る幽霊ということでは同じだった。なんでも、女中のお菊《きく》というのが、幽霊になって祟《たた》っているそうである。

しかも、その幽霊が皿だかなんだかを数えるらしく、「一まぁい、二まぁい」と数えるのが流行《はや》り言葉のようになっていた。

「なあ、竜之進さん。明日の朝飯と晩飯、うまいのをこさえてやっからさあ、頼むよ」

「へえ。おせん坊がそんなに幽霊を怖がるとは意外だったのう」

「怖いよ。あたしは昔から、幽霊とたくあんを刻んだやつは苦手なんだ」

幽霊とたくあんにどんなつながりがあるのかわからないが、おせんの顔は本気である。

「それに、それだけでもないよ」

「なにが」

「あのあたり、旗本奴もうろうろしてるんだって」

「旗本奴が……」

なんとなく気になった。

小野田藩の話も、旗本奴がからんだ。旗本奴というのがどれくらいいるのかわからないが、何百人とはいないだろう。あの手の連中はやたらと目立つので、多そうに見えるだけなのだ。

愛宕下の小野田藩邸と番町とでは、そう遠くない。そこらで大きな顔をしている者同士、つながりはあるのではないか。ひょっとしたら同じ連中ということもありうるだろう。

「わかった。いっしょに行ってやるよ」

「おう。それでこそ剣術の達人だよ」

と、おせんは顔をほころばせた。

おせんの用事というのは、遠い親類のお通夜《つや》に出ることだった。とある屋敷の中間をしていたのが、その組長屋で急に亡くなったという。母親は夜なべ仕事があって出るに出られず、おせんが頼まれた。

そんな用事を引き受けるところは、なかなか感心である。

お通夜の挨拶《あいさつ》は簡単に済んで、その帰り道だった。

番町のあたりは坂道が多い。麻布《あざぶ》や谷中《やなか》あたりのような急な坂はないが、ゆるく長い坂があちらこちらで交差する。

武家屋敷が並ぶところで、昼でも人通りは多くない。

十三日の月で、足元はずいぶん明るいが、それでも人けはない。

市ケ谷《いちがや》御門に近い坂道である。

右手の屋敷から男の悲鳴が聞こえた。

「なんだろ、竜之進さん」

「悲鳴だな」

「まさか、ここって青山家だったりして」

「どうかな。だったら面白いな」

「ちっとも面白くねえよ」

おせんは背中にすがりついてきた。小さく念仏も唱えている。

今度は塀《へい》のすぐ向こうあたりで声がした。切羽《せっぱ》詰まった声である。

「お菊、待てっ」

お菊だと。いま、たしかにお菊と言ったぞ。

竜之進は耳を澄ました。

「おのれ、化け物。あるじを苦しめる気かっ」

また、男が言った。やはり、ここは青山家らしい。

「竜之進さん。早く逃げようよ」

と、おせんが泣き声になって言った。

「いや、待て、待て。この塀の中を覗いてみよう」

「馬鹿言ってんじゃないよ」

「なあに、大丈夫だ」

すがりつくおせんをひきずるように、竜之進はなまこ壁の塀に取りつくところはないかと探していると、
ざざーっ。

と、葉っぱがざわめく音がして、塀の上を女が飛んだ。

——おっ。

これには竜之進も驚いて目をみはった。

おせんは声もない。

女は塀を高々と飛び越えると、竜之進たちがいる少し先にどさっと落ちた。小さく呻《うめ》いた。そのまま、どこか帯のあたりをまさぐっていたが、すぐに坂道の下のほうへと駆け出していく。

幽霊の横顔に見覚えがあった。

すると、いきなり門のわきのくぐり戸がひらいて、

「待て、お菊」

と、中から身なりのいい武士が飛び出してきた。抜き身の刀を持っている。

「おのれ。化けて出られぬよう、八つ裂きにしてやる」

追いついて斬りつけようというのだ。

竜之進の目の前のできごとである。

幽霊よりも、この武士の顔つきのほうが怖い。

「ひぇっええ」

と、おせんは気を失った。そのほうがありがたい。

「よせ」

と、竜之進が武士の前に出た。

「止めるか、きさま」

横なぐりに剣を叩きつけてくる。腰をかがめてかわした。

「きさまも化け物か」

と、叫んだ。完全に狂っている。今度は突いてきた。左に身をよじってあやうくかわした。

狂った剣はどう攻めてくるか予想をつけにくい。

しかも、もともと剣の腕は立つらしい。

「たぁーっ」

と、竜之進は思い切って踏み込み、この武士のわき腹に当《あ》て身《み》を入れた。

三

「おせん、しっかりしろ」

おせんを介抱《かいほう》するのに、近くの辻番《つじばん》を借りた。

「娘がちと気分が悪くなっただけなので、ちょっとだけ休ませてくれ」

と頼むと、当番で出ていた中間は気のいい男らしく、そこに横になればと、板の間に枕にする座布団まで出してくれた。

水を飲ませると、すぐに目を覚まして、

「ひっ」

と、一声上げた。

「もう、大丈夫だぞ」

「やっぱり出ただろ、竜之進さん」

「まあな」

このやりとりを聞いた辻番の中間が、

「もしかして、青山家の幽霊かい？」

「うむ。通りかかったら、ちょうど出くわしたのさ」

「そりゃあ、また」

「しかも、あるじらしいのが刀を振り回して飛び出してきたのさ」

あのあとすぐに、中から数人の家来たちが出てきて、あわてて中にかつぎ入れてしまった。凶行を止めてやった竜之進には、お礼がないのはもちろん、見向きもしなかった。

「ずいぶん、噂にはなっているが、本当なのかね？」

「おいらは青山さまの中間から聞いたんだが、お菊さんの幽霊はほんとに出るらしいね」

回りまわった噂ではなく、青山家の中間の話なら、だいぶ真実に近いだろう。

「ほう。そもそもは、なにがきっかけなのかね」

「なんでも鍋島さまから頂戴した十枚そろいの柿右衛門の皿のうちの一枚を、お菊というお女中が割ってしまったそうだよ」

「手がすべったのか」

「いや、皿の箱にトカゲが載っていたんだと」

「トカゲが……」

柿右衛門とトカゲ。まるっきり小野田藩の話といっしょではないか。トカゲがよほど柿右衛門の磁器を好むのか、あるいは鍋島公が柿右衛門にトカゲをつけてよこしたのか。いちばん考えられるのは、落として割るように、同じ企《たくら》みがあったということである。

つまり、偶然ではなく、鍋島公から柿右衛門をいただいた家が狙われたのだ。

——鍋島公か。

九州の佐賀《さが》藩の藩主である。竜之進は九州へも何度か訪れているし、佐賀の城下も歩いたことがある。先代は何年か前に亡くなり、いまの藩主もまだ若いが、賢君《けんくん》だという噂は聞いていた。

「それにしても、トカゲなんぞでそんなに驚くかね」

竜之進が呆れてそう言うと、

「そりゃ驚くさ」

と、おせんが言った。

「あんなかわいいのに」

「かわいいか？」

「かわいいぞ。四つ足で、尻尾がついてて、ちょこまか歩いて」

「そんなふうに言われるとかわいく思えるけど、実物とはずいぶんちがうよ。実物はヘビみたいな顔して、気味悪い肌の色をしてるよ」

「ふむ。そんなことより、それでどうなったんだっけな？」

竜之進は、中間に訊いた。

「皿が一枚割れたのを知ったあるじが、カッとなって、お菊さんを手討ちにしてしまったんだよ」

「手討ち？　たかが皿を割ったくらいで？　しかも、十枚もあるうちの一枚を割ったくらいで？」

十枚もあれば、二、三枚くらい別にどうでもよかろうにと思うのが竜之進である。たとえそろってなくても、隣の人の皿を見ながら食うやつなんかいないだろう。

「しかも皿ったって、こんな小さくて、しょう油のつけ皿みてえなものらしいよ」

「そうなのか……」

そんなものを一枚割ったくらいで斬られたのが本当なら、化けて出るのが当たり前である。自分が閻魔《えんま》さまであっても、化けて出るように勧める。

あの男、当て身一つで落としてしまったが、顔にもう何発か蹴りでも入れておけばよかったと思った。

「そういえば……」

気になることを思い出した。

さっきの幽霊、人であるのは間違いないが、誰かに似ていると思ったら、小野田藩邸の門前で会った娘ではなかったか。たしか、わかばという名だった。あの娘が、青山家や小野田家に入りこみ、柿右衛門の器にトカゲを仕込んだのか。

——では、お菊というのは本当は死んではいない……？

「お化けはニセモノだな」

と、竜之進は口にした。

「本物だよ。お化けでなきゃ、空なんか飛ぶか」

おせんが思い出したらしく、ぶるっと震えて言った。

だが、それは何か仕掛けを使ったのだ。幽霊なら落ちるときに、どさっと音を立てたり、痛くて呻いたりはしない。

「ちと、さっきのところを見てこよう」

竜之進は引き返すことにした。

「やめろよ。置いていく気か？」

「大丈夫だ。ここで待ってろ」

おせんをなだめ、竜之進はもう一度、暗い道に戻った。

さっきまで輝いていた十三日の月は、いまは雲の陰に隠れていた。ここらは真っ暗で、いま来た辻番とは別の辻番の明かりが、半町《はんちよう》（約五四メートル）ほど先にぼんやり見えているだけである。

さっきの屋敷の近くまで戻ったとき、声が聞こえた。

「青山はひどいな」

「ああ。手がつけられぬな」

ふたりが立ち話をしている。

竜之進は腰をかがめ、用水桶《ようすいおけ》の裏まで近づいた。

「ああいう優秀なやつに限って、気が小さいのさ」

「まったくだな」

「学問所では一番だったのだぞ」

「おぬし、そのことで怨みがあるみたいだな」

「ああ。あいつのせいで、一度も首席になれなかったからな」

「ふっふっふ。いまさらひがむな」

「だいたいお菊だって、斬るほどのことでもあるまいに」

こいつらが、騒ぎのもとの旗本奴たちなのだ。中原は複数と言っていたが、いまはふたりしかいない。

どうやら、お菊というのは本当に青山家にいて、こいつらに協力していたらしい。斬られて死んだというのも、本当のことなのだ。

だが、たかが皿くらいのことで、斬ったやつも馬鹿だが、くだらぬことをさせたこいつらも悪いのだ。

「しかし、青山とは金の相談もできぬな」

「土屋《つちや》の家はしみったれで駄目だったし、小島《こじま》の案もうまくいきそうで結局は穴だらけというわけか」

どうやら、ほかにも土屋という家に強請《ゆす》りをかけたらしい。そして、それは小島とかいうもうひとりの仲間の案だったようだ。これで、敵は三人になって、三人にこだわる中原の話とも符合《ふごう》した。

「こうなりゃ小野田のほうは絶対むしり取ってやる」

「あと三百両はいけるな」

「だが、いまのままでは無理だ。向こうも用人の倅が出張《でば》ってきてから、強気な態度になってきてるし」

中原善吾のことを言っているのだ。

「なあに、なんか新しいことを仕掛けるさ。小島にも手伝わせる」

「それにしても、青山の太刀筋《たちすじ》は凄《すご》いな。狂ってから、さらに鋭くなったぞ」

「まったくだ」

「ただ、通りかかった武士はかなりできるな」

どうやら竜之進のことを褒めてくれたらしい。

「当て身を入れた男か」

「そうだ。青山の剣を完全に見切ったぞ」

「おぬしよりできるか」

「わしほどではないさ。一刀流免許皆伝《かいでん》は伊達《だて》ではない」

と、ひとりが自慢した。

「お話しのところを済まぬがな」

竜之進は用水桶の陰からのっそりと姿をあらわした。客間に茶でも運んできたような調子である。

「なんだ、きさま」

「あ、こやつ。さっきの当て身を入れた男」

「きさま。青山家の用心棒かなにかだな？」

ふたりは殺気立った。

「そうではない。さっき、ここで空を飛ぶ幽霊を見たのだが、その幽霊がなんか胡散《うさん》臭かったので、ちと調べてみようと思ってな」

「調べる？」

「縄を吊るしたあととか、滑車《かっしゃ》のようなものを取りつけたあとはないかと思ってな」

「なんだと」

的中したらしい。ふたりは顔を見合わせた。

月を隠していた雲が流れ、あたりに白い光が広がった。

ふたりの男たちの顔が見えた。どちらも、いかにも旗本のお坊ちゃまといった顔をしている。着物も月明かりに輝くくらいだから、金糸銀糸をつかった立派なものらしい。単にけばけばしいだけでなく、どこか洒落《しやれ》た気配を漂わせている。

――こいつら、腕も立つのだろう。

中原のために、腕の一本ずつもへし折っておくべきか。

少なくとも、剣の筋くらいは見ておいてやったほうがいい。

「そなたたち、どれだけ剣がつかえるのかは知らぬが、ずいぶんと卑怯《ひきよう》なこともするようだな」

「なんだと」

「木の屑《くず》がここらに落ちているし、そちらのほうが持っているのは縄のようだ。ふうむ、その木から、そっちの木に縄を回し、葉が繁っているそこの塀の屋根の上あたりで引っ張ったのか」

竜之進は指を差しながら、幽霊が宙を飛んだ仕掛けを見破った。

「きさま、何者だ」

「なあに、ただの通りすがりだ」

ふたりは刀を抜いた。

竜之進は塀に沿って歩き出す。

「てやーっ」

前にいたほうが斬りつけてきた。

竜之進も刀を抜き、この剣を横から叩いた。火花が散る。さらに踏み込んでくるのをぎりぎりまで見切って下がる。太刀筋は悪くない。

横に動いて、もうひとりのほうに対峙した。こちらの構えのほうがゆったりとしている。

「たっ」

と、横から斬りつけてきた。大きく伸びる。思ったよりも伸びて、袖口をかすられた。

——危ない、危ない。

小手狙いである。三社流と似ていなくもない。

こっちのほうが腕は数段上である。一刀流免許皆伝は、だいぶ金も積んだにせよ、嘘ではないのだろう。

もともと旗本奴の連中は気っぷが荒いうえに、喧嘩慣れしており、しかも互いに無鉄砲を競い合うので、かなり強い。

——面倒なことになるかな。

剣戟《けんげき》の音を聞きつけたらしく、半町ほど先の辻番が騒ぎ出していた。何人かが提灯《ちょうちん》を持って駆けつけてきそうである。

「ちっ、こんなやつは相手にするな」

「ああ、行こう」

ふたりは市ヶ谷御門のほうへと走り去った。

竜之進は連中とは別の方向へ走りながら、さっきの太刀筋を何度も脳裏に思い浮かべていた。

四

「じつは、困ったことになりました」

と、稽古を終えた中原は、困惑した顔で言った。

話を聞き終えて、

「ううむ。鍋島公が……」

竜之進も頭を抱えた。

小野田藩江戸屋敷に鍋島公が遊びにくることになったのだという。しかも、そのとき、柿右衛門の甕をどう使っているか、見るのが楽しみだというのである。

「どう使うかは、もらったほうの勝手だろうが。なんでわざわざくれたものの使い道など見せなければならんのだ」

竜之進が思わずそう言うと、

「先生。そういうことはおっしゃらぬほうが」

と、中原からたしなめられた。竜之進はこういうことを言うから、藩の指南役などにもなれないのかもしれない。

もっとも当代の鍋島公の評判を聞く限り、おそらくそれは殿さま当人の意見ではなく、脇でそそのかしたやつがいるのではないか。

中原によると——。

どうやら鍋島公の腹違いの弟だかが、旗本奴とまではいかなくてもああしたろくでもない連中と親しくしているらしい。

「小島という男はおらぬか。この前の青山家の騒ぎのとき、耳にしたのだが」

「あ、います。鍋島さまの来訪を伝えてきたのは、小島という若い侍でした」

「やはり、そうか。おそらく、そいつから柿右衛門の行方が伝わり、あの連中がくだらぬことをやっているのだろう」

「そうでしょうね」

青山家のほうがもう少ししっかりしていれば、小野田家とも協議して、なんらかの対策も取れたのだろう。だが、あのありさまでは相談にもならない。

「今度のことで動いているのは、江戸中の旗本奴というんじゃなさそうだ。ずいぶんいるようなことを言って脅すかもしれぬが、いいとこ二、三人くらいがつるんでいるだけだ」

「そうですか、そんなものですか……」

「藩邸にはほかにも若い武士はいるんだろ」

「ええ」

「それくらいなら、奴らの脅しに屈しなくても済むんじゃないのかなあ」

「おそらく、それくらいは。だが、やはり手引きをしたのは、うちの女中のわかば？」

「おそらくな」

青山家の騒ぎから、竜之進は中原に、わかばのようすに気をつけるよう忠告していたのだ。だが、わかばはあれ以来、元気をなくし、おとなしく屋敷の用をこなしているだけらしい。所詮《しょせん》、あの娘もだまされた口だろう。

ともかく、鍋島公来訪の知らせを受けた小野田家は大騒ぎである。

同じような柿右衛門があるかもしれないというので、江戸中を探しまわっている。だが、もしも出てきたとしても、その値段は三百両、四百両は下らないと言われていて、小藩の江戸屋敷にとっては莫大《ばくだい》な出費になりそうなのだ。

「やはり、鍋島公に正直に申し上げるしかないのではないか。賢君で、無茶なことは言わないという評判もあるらしいぞ」

「わたしもそう思うのですが、奥方さまがそのような恥辱《ちじょく》を殿に味わわせるのは忍びないと思いつめておられまして」

中原はそう言って、大きなため息をついた。


その翌日である――。

中原が来るはずの稽古に来ない。

なんとなく嫌な予感がした竜之進は、小野田藩の江戸屋敷を訪ね、この事態を知ったのだった。

ゆうべ、中原は追いつめられた気持ちで、女中のわかばを問い詰めたのである。

そして、中心にいる大竹長三郎《おおたけちょうざぶろう》という旗本奴の居どころを聞き出すと、屋敷内の腕の立つ者ふたりとともに、そこへ交渉に乗り込んでしまった。

だが、交渉にはならなかった。

向こうもなんとしてもむしり取ろうと必死なのだ。

結局、交渉は諦《あきら》め、大竹の家を辞した。

その帰り道――。

中原たちは覆面をした二人組に襲われた。

「こっちは三人いたのですが、ふいを突かれたこともあって……」

斬られこそしなかったが、木刀で打ちのめされ、三人ともひどい怪我を負った。中原は肋骨《あばら》を折り、左腕にひびが入ったらしく、座るのもやっとというありさまである。

「ひどい目に遭ったな」

と、竜之進は同情した。だが、追いつめられてしまった気持ちもわからないではない。

「わたしの怪我などより、鍋島公が五日後にはお見えになります。連中はおそらく、わたしではなく、弱気に流れがちな父のほうと交渉するつもりなのです」

「うむ。それについては……」

じつは、この数日、思いついたことがあった。

「小野田家にはたしか、若殿がおられたのでは？」

と、竜之進は訊いた。考えごとをするときの癖で、双の目が真ん中に寄ったみたいになっている。

「はい。五歳になられる松之介《まつのすけ》さまが」

「それで、割れた柿右衛門の甕というのは、どれくらいの大きさだったか知りたい。それは、捨ててしまったのかな……？」

五

「どうしたのじゃ、それは？」

鍋島公の驚いた声が、小野田藩江戸屋敷の庭先に響いた。

「ははっ。じつは、五歳になった当家嫡男の松之介が、いたずらをしてかぶった拍子に抜けなくなりまして」

その松之介は、頭にすっぽりと柿右衛門の甕をかぶったまま、女中たちに甕を支えられるようにしてふらふらとやってきたのである。

「なんと」

「はずみで入ってしまったらしく、いくら引っ張ろうが抜けませぬ。鍋島さまからいただいた大事な柿右衛門の甕、割ることはできぬ。いたずらしたそなたが悪い。ずっとそうしておれと」

小野田藩の藩主は深々と頭を下げた。

「そんな馬鹿なことがあるか。甕と人の頭とどちらが大事だ。すぐに割るがよい。わしが言うのじゃ。早く割ってあげるがよい」

この言葉を待っていたように、近習《きんじゆう》の者がささっと松之介のもとに近づき、木槌《きづち》を振り上げて、

「えいっ」

と、叩いた。

甕はぱりんと二つに割れて、中から紅潮したやんちゃそうな顔があらわれた……。

竜之進はもちろん、この場に同席することはできない。だが、庭の隅《すみ》からなりゆきを見守った。

もともと割れていた甕を、糊《のり》でつけておいただけだから、きれいに割れた。

これで、竜之進の機知《きち》は成功した。

ほっと胸を撫でおろす。

それからしばらくして、鍋島公の一行からひとりだけ抜けた者がいた。

小島某だった。若いし、立場もだいぶ下のほうらしく、ずっと隅の席で小さくなっていた男である。

小島は小野田藩邸を出ると、南のほうに走った。

すぐに、若葉に覆《おお》われた愛宕山が見えてくる。

急な階段が知られるが、小島はそのわきの坂道を上った。竜之進も足音を忍ばせてあとをつける。

「どうだった、小島?」

と、声がした。例の旗本奴である。大竹長三郎という名もわかっている。

小島が早口でなりゆきを説明した。

「くそっ。小野田家あたりにそのように悪知恵の働く者がいるとはな」

「やつら、急に交渉にはいっさい応じないと強気になったのは、そんな策があったからだったか」

旗本奴ふたりは息巻いた。

「しかも、まずいことになった。この前、脅しに失敗した土屋の家の者が、どうも殿にあらいざらい打ち明けたようなのだ」

「なんだと」

ふたりは青くなった。

当然、恥を忍んで打ち明けるという家だって出てくる。恐喝《きようかつ》などがそうそううまくいくはずがない。

「あっはっは。小悪党《こあくとう》たちも年貢の納めどきだな」

そう言って、竜之進は木陰から姿を見せた。

「きさま、このあいだの浪人者ではないか」

「大竹。まさか、こやつが甕をかぶるなんぞという筋書きをつくったのでは?」

旗本奴のかたわれがそう言った。

「そういうことだ。まさかこれほどうまくいくとは思ってなかったがな」

と竜之進は笑いながら言った。

「くそっ。こうなりゃ、こいつを血祭りにあげて、憂《う》さを晴らすか」

と、大竹が刀に手をかけた。

「できるかな。わたしには秘剣トカゲの尻尾という凄い技があるぞ」

竜之進もためらわずに刀を抜き、中段に構えた。

背後で声がした。

「先生。助太刀に」

中原善吾が、杖をつきながら、こちらにやってきた。怪我のない若侍も五人ほど連れてきている。

「よい、手出しは無用だ。たった三人、軽く峰打ちで叩きのめしてやる」

「峰打ちだと」

大竹が呻き、先に一歩、前に出てきた。

「たぁ」

と、抜き打ちに斬りつけてくるのを、いったん受けようと、竜之進が刀を合わせたとき、切っ先がぐんと伸びた。

「あっ」

竜之進の手首が飛んで、どさりと柔らかい土の上に落ちた。

「あっはっは」

大竹の狂ったような笑い声が、愛宕山の林の中に響いた。

「こいつ、口ほどにもないやつ」

大竹が言うと、ほかのふたりも破顔《はがん》した。

「そうかな」

と、竜之進が言った。

「なに」

袖の中から、落ちた左の手首がにょきっと生えた。

「げっ」

大竹が愕然《がくぜん》となった。

ほかのふたりも口を開けた。

このとき、竜之進が電光のように三人のあいだを走った。

三度、峰を返した剣が大きく旋回した。

鈍い音が三度した。

「だから、トカゲの尻尾と言っただろうが」

と、竜之進が振り向いて言ったとき、三人の手がいっせいに、軒先の干し大根のようにだらりと垂れた。

林の向こうで、

「うぉーっ」

という歓声が聞こえた。

——弟子が五人増えたかな。

内心でそう思いながら、竜之進は落ちた手首を拾った。

長屋のおせんに頼んでつくってもらったものである。ぼろきれを集め、それと竹を曲げたものを使ってこしらえたのだが、なかなかうまくできている。皮を削った竹は、ちょっと見には人の肌とよく似ていた。

「おせんに団子でも買って帰るか」

竜之進はそう言って、林の中を獣のように歩き出している。

第二話　淀《よど》殿の猫

一

「なぜ、年末の忙しいときに、わたしのような男の世話までしてくれるのだ？」

望月竜之進が、女の細い身体を抱き締めながら、そう訊《たず》ねると、

「うちはおもろい話と、おもろい男の人が好きなんや。望月はんは、なんや知らんが、どことのうおもろいさかいに」

女は釣り上げた鮎のようにぴちぴちと動きながら、悪戯《いたずら》っぽくそう答えた。

竜之進は、めずらしく女と暮らしている。

こんなふうに女としっぽり暮らすことなんていままでにあっただろうか。色ごととは無縁の、剣一筋の人生に、思いがけなく訪れた桃色の日々。岩山に突如湧

いた温泉みたいではないか。ふだんの傷だらけの鮫《さめ》の肌のような暮らしが、つるつるに磨かれていくようである。

大坂《おおさか》は、心斎橋《しんさいばし》に近い小さな甘酒屋。

女の名は、茶々《ちゃちゃ》。

親がつけたのは、「茶」の一文字だったが、「お茶」と呼ばれるのが嫌で、自分で「茶々」にしたのだという。

歳は二十五。下がり気味の目が少し腫《は》れぼったい。鼻はきれいなかたちだが、口はよくしゃべるせいでもなかろうが、かなり大きい。その口の左の頰に、穴でも開いたみたいな笑窪《えくぼ》がある。広げてのぞき込みたいくらい深い。

とびきりの美人とは言い難いが、しかし愛嬌がある。女は愛嬌。それさえあれば、のっぺらぼうでもかまわないと思えるくらい、男をなごませてくれる。癒《いや》してくれる。

こんな素晴らしい女と、武骨な武芸者が、どうやって知り合ったのか。

十日ほど前、この店の前で三対三のやくざ者同士の喧嘩が始まり、その足元で仔猫《こねこ》がつぶされそうになっているのを助けたのがきっかけである。

ドスが振り回される合間をかいくぐりながら、竜之進が黒い仔猫をやさしく抱

きかかえて道端にもどって来ると、見ていた茶々が駆け寄って来て、

「よかったねえ」

と、仔猫を受け取り、

「やさしい人なんやね」

「無駄にやさしいのかも」

「やさしさに無駄なんかあらへん」

そう言って、仔猫に頬を寄せた。

竜之進は思わず、

「みゃあ」

と、啼《な》きたくなった。

わきでは、二人のやくざが腹を刺されて地べたを転げ回っている。一人は、頭にドスが刺さっているのに、まだ凄い勢いで暴れている。そのうち、町方の連中が駆けつけて来たらしいが、そんな騒ぎは知ったことではない。

「あんたの猫？」

竜之進が訊いた。

「そうやない。けど、あ、今朝からうろうろしてるなとは思ってた」

「うちで飼うわ」

「ううん。あんなところを見たのもなにかの縁。うちで飼うわ」

「そりゃあ、よかった」

人でも生きものでも、命が助かるのは嬉しい。

「うち、生きものを助ける人は好きなんや」

「だからといって、いい人とは限らんぞ」

「そうなん？」

「人を斬ったりすることだってある」

できるだけ木刀で戦いたいが、そうもいかない。

「どんな人を斬るん？」

「人を平気で斬るようなやつは、仕方なく斬る」

竜之進がそう言うと、うなずきながら笑って、

「ご浪人？」

「仕官《しかん》はしていないが、浪人のつもりはない。道場主だったこともあるし、いまも各地に弟子がいる」

「何流？」

「知らないと思う。三社流といって、わたしが始めた流派だ」

「言葉からすると、江戸の人？」

「まあな」

だが、大半を旅の空の下にいる。

「大坂にはなにしに来はったん？」

「道場でも開くことができたらと思っているのだが……」

大坂に入るのが遅すぎたかもしれない。

まもなく正月である。年末から正月を野宿同様で過ごすのは、ちと厳しい。なにせこの時期、皆、忙しくて、剣術どころではなくなるのだ。

「お腹、空いてへん？」

「ああ、空いてるな」
二、三日、ネズミが食うようなものしか食ってこなかった。
「待って。あり合わせで悪いけど」

そう言って、甘酒屋の縁台に飯を載せた膳を持って来てくれた。仔猫の前にも、かつぶしをたっぷりかけた飯が置かれた。

茶々と仔猫の顔を交互に見ながら、イワシの塩焼きと大根漬けで飯を食った。

「いい食べっぷりやねえ」

「あんたの飯がうまいのさ」

「ねえ、宿がないんやったら、ここにいててもかまへんよ。年末は物騒なのが多いんや。用心棒で」

用心棒が、その晩には同じ布団のなかにいた。

布団のなかには、別に物騒なやつなどいなかったのに。

二

茶々のつくる甘酒は味がいいらしく、始終、客が来て、買って行く。縁台も二つ置いてあって、そこで飲んで帰る客も多い。ただ、大坂では冬に温かくした甘酒を飲む人より、夏に冷たくした甘酒を飲む人のほうが多いのだそうだ。

竜之進が、空いた縁台に座って大晦日の二日前の通りを眺めていると、隣の豆腐屋の婆さんに声をかけてきた男がいた。

その話があまりに不思議なので、思わず耳を傾けてしまった。

「大坂城にいてはった淀殿はんやけどな、お城で猫を飼《こ》うてはったかどうか、あんた、知らんか？」

と、男は訊いたのだ。

「淀殿？　太閤《たいこう》はんのお妾《めかけ》はんの？」

豆腐屋の婆さんが訊き返した。

大坂の人の話というのは、真面目にしゃべっていても、どこかふざけているように聞こえる。

「ああ、そうや。おばあはんやったら、会ったこともあるんやないか？」

「知らんなあ。そないなこと知って、なんになりますの？」

「なあに、ちょっと知りとうてな」

そこへ、茶々が表に出て来て、

「あら、清吉《せいきち》はんやないの？」

「おう、お茶々はんやないか」

二人は旧知の間柄だった。

歳は清吉のほうが少し上だろう。痩せて、眉が濃く、いかにも大坂の商人らしい、皺《しわ》の多い笑顔を見せる。

「なにしてはんの、こんなところで？」

「うん。訊きたいことがあってな。昔の話やから、歳取った人を見かけると、つい訊いてしまうんや」

清吉とやらは、持っていた荷物を縁台に下ろし、さっきの問いのことを、茶々に話した。

「へえ」

「なんでまた淀殿の猫のことを？」

「じつは、蔵の整理をしてたらな、先々代の日誌が出て来てん」

「それに、妙な話が載っていたんや」

「妙なって怖い話？」

茶々は眉をひそめた。怖い話は苦手なのだ。

「いや、違う。先々代が猫を見つけたらしいんや」

「猫を？」

と、茶々は思わず振り返った。飼い始めた黒い仔猫には、「ねね」と名をつけた。そのねねは、上がり口で丸まって目を閉じている。毛艶《けづや》もよく、なんとなく上品な感じがして、ただの野良とは思えない。

清吉は、ちらりと竜之進を警戒するように見て、

「うちのわきに祠《ほこら》があって、そこには穴が開いとったから、穴神社とか言うてたんやけど、どうもその穴から猫が出てきたんやて」

と、小声で言った。

だが、その声は耳のいい竜之進にはすっかり聞こえている。

「まあ」

「しかも、金の鈴をつけた猫や」

「金の鈴！」

「先々代は、神さまの猫や言うて、可愛がることにしたらしいけど、まもなくおらんようになってしもたんやて」

「ふうん」

「神さまの猫やったわけではないと思うで。ただ、逃げてしまっただけやろ」

「せやろな」

「肝心なのは猫やない。穴や」

「穴？」

「そうや。その穴には噂があってな、大坂城の天守閣に通じていたんやて」

清吉は、声を低めて言った。

「ああ」

茶々は小さく手を打った。

「あては、そういう噂は子どものころから聞いとったけどな」

「うちもその話、聞いたことある」

「さよか」

「それで、祠を囲むように……西海屋《さいかい》を建てたんやね」

西海屋というときに、茶々は竜之進をチラッと見た。

「そうや。それで、あては思たんや。その穴から出てきたのは……」

「淀殿はんが飼うてはった猫やないかって？」

「そういうこっちゃ」

清吉は嬉しそうにうなずいた。

「金の鈴なんて、ふつうの猫はつけんからね」

「せやろ」

「へえ。そら、面白そうやね」

茶々も興味津々である。

「もちろん、太閤はんがつくらはった城はいったんすべて潰され、いまのお城はその上に建てたものやさかい、穴かて残っているわけやない。それに、かつて穴がお城まで通じていたからといって、あてが得することはなにもないねんけど、やっぱり気になってしもてな。それで、ここらで年寄りを見かけるたびに、訊ねとるっちゅうわけや」

清吉は商売の途中らしく、そこまで話すと荷物を抱え、ふたたび歩き出した。

茶々は見送りながら言った。

「わかったら、うちにも教えてな」

三

それから茶々は客の相手や、甘酒造りに忙しくなり、竜之進もお城近くの剣術道場をのぞきに行ったりして、もう一度、その話になったのは、晩飯を済ませたあとだった。

「そういえば、猫の話で西海屋がどうしたとか言っていたよな?」

と、竜之進は訊いた。

「望月はん、聞こえてたんや」

「わたしは耳がいいんだ。それと、目もな」

「目も？」

「ああ。西海屋という名前が出たとき、茶々はわたしをチラッと見ただろう」

「ほんまや。目もええわ」

「西海屋というのは？」

「うん。別に隠すつもりはなかったんやけどな。じつは、西海屋いうのは、昨年まで、うちが嫁に入っていたとこや」

「そうなのか」

いっしょにいても、過去のことは、ほとんど訊かなかった。だが、二十五の女が一人で商売をしていて、穏やかな人生であったはずがない。

「西海屋は淀屋橋《よどやばし》近くにある薬種《やくしゅ》問屋で、清吉はんは隣の下駄屋さんや」

「ああ、下駄屋か」

重くはないが、硬そうな荷物を持っていた。

「うち、離縁させられてな」

「ほう」

「十七のとき、西海屋に嫁に入ったんやけど、七年経ってもいっこうに子ができへんいうんで、離縁させられたんや。追い出すかわりに、この店を持たせてもらいました。ま、手切れ金というわけ」

と、茶々は笑窪をますます深くさせて笑って言った。この笑窪はつらさを耐えるたびに深くなってきたのかもしれない。

「いくら小さな店とはいえ、若い女が自分の店を持っているというのは、なにかあるとは思ってた」

「そういうことや」

「可哀そうにな」

冗談みたいに話したが、そのときはずいぶん傷ついたに違いない。

「そんなことあらへん。あんな情けない男」

「わたしもそう思うよ」

嫁に子ができなかったら、親戚からでももらえばいいではないか。この女なら、血がつながってなくても、きっと上手に育てられるだろう。

「それにしても、淀殿がからむのだったら大坂の役《えき》のときの話だろう。ずいぶん昔の話だよな」

と、竜之進は言った。

大坂の役からは、もう四十年ほど経っているのではないか。もちろん竜之進も茶々も生まれていない。いまさら、淀殿が猫を飼っていようが、大坂城に穴が開いていようが、どうということはなさそうである。

だが、茶々は、

「そんなことないねん」

と、真面目な顔で否定した。

「なにが？」

「だから、大坂の人間にとってあの戦は大変なできごとで、年寄りたちにしたら、ついこのあいだのできごとなんやで」

「へえ」

「いまだに、いろいろ引きずってはるからね。つい、十年ほど前までは、残党狩りもあったんやで」

「三十年も経って残党が？」

これには竜之進も驚いた。

「さすがに、残党狩りはもうないやろけど」

「だろうな」

「でも、いまも淀殿はんのことは話には出るで」

「あまり人気はないだろう?」

竜之進の亡父源七郎《げんしちろう》は、大坂冬の陣、夏の陣の両方に出ている。ただし、豊臣《とよとみ》方ではなく、徳川《とくがわ》方だった。その父も、「豊臣は淀殿のせいで滅びた」と言っていた覚えがある。竜之進は、女のせいで滅ぶようなら、しょせんは滅びるのだと思ったが、しかし詳しい事情はなにも知らない。

「そうやね。けど、すごくきれいなお人やったんやて」

「そりゃあ、太閤がべた惚れしたくらいだからな」

きれいでもあり、可愛くもあったのだろう。

「せやけど、わがままやったんやて」

「あんたみたいじゃないか」

竜之進はからかうように言った。淀殿には負けるだろうが、充分可愛くて、望むことは無理やりでも押し通してしまうところがある。もしかしたら、可愛さのなかにはわがままが必ず潜んでいるのかもしれない。

「あら、うち、わがまま?」

「そういえば、淀殿の若いときの呼び名も茶々だったはずだぞ」

「あ、せやったわ」

茶々は手を叩いて笑った。

わがままというより、茶々は猫のような感じかもしれない。いわば気まぐれ。どこか捕まえきれない。だが、それが男心をくすぐるのだ。

剣客が、いちばん近づいてはいけない女かもしれなかった。


翌日——。

甘酒を買いに来た常連の客が、とんでもないことを伝えた。

「茶々はん。あんた、淀屋橋のところにある下駄屋の清吉はん、知ってるやろ」

「うん、よう知っとるよ」

「昨夜《ゆうべ》、斬られて亡くなったで」

「ええっ」

これには近くにいた竜之進も驚いた。

「昨日、ここに来てはったで」

「ほんまか」

「誰に斬られたんや？」

「それはわからへん」

「可哀そうに。あとでお線香上げに伺《うかが》うことにするわ」

茶々は男を見送ると、しばらくぼんやりしていたが、

「望月はん、調べてえな」

と、竜之進に言った。

「なにを?」

「誰に斬られたのかや」

「辻斬りじゃないのか」

「ただの辻斬りやない気がする」

「淀殿の猫がからむのか?」

「清吉はん、訊いて回ってたさかい」

確かに、藪を突《つつ》いて蛇でも出たのかもしれない。

「だが、大坂の奉行所だって調べているだろうよ」

「町方なんかあてにならへんよ。とくに淀屋橋筋から心斎橋筋あたりを回っとる大沢《おおさわ》いう同心は」

「わかった」

役人でもないのにどうやったら調べられるかわからないが、竜之進はうなずいた。これは可愛い茶々の頼みなのである。

四

正月にかかると大変なので、清吉のところでは通夜と葬儀を今日中にしてしまうのだという。明日は三十日で大晦日である。

暮れ六つ（旧暦のこの時期だと、およそ午後五時）過ぎて、客が途切れたところで、線香を上げに行くという茶々といっしょに、竜之進は淀屋橋に近い現場に行ってみることにした。

心斎橋のところから、大坂城を右に見ながら、北へまっすぐ向かうと、半里《り》（約二キロメートル）も行かないうちに淀屋橋に出た。手前の左側が、橋の名前にもなった米問屋の淀屋だという。右手に曲がって少し行ったところに下駄屋と西海屋が並んでいた。下駄屋は〈明珍堂《みょうちんどう》〉といって、西海屋の五分の一ほどの間口である。

清吉の店の前には、町奉行所の中間《ちゅうげん》が数人、立っていた。野次馬が十数人、店を遠巻きに囲んでいる。

下駄屋は板戸が一枚分だけ開いて、忌中《きちゅう》と書かれた簾《すだれ》が下がり、なかから明かりが洩れている。線香の匂いも、ここまで漂っていた。

すでに遺体は家に運び込まれたが、岡っ引きたちは訊き込みに回っているらしい。

「ほな。線香あげてきます」

茶々はそう言って、下駄屋に入って行った。

竜之進は、野次馬たちの話に耳を傾けた。

「清吉はん、店のすぐ外で斬られてたらしいで」

「そうなんや」

「ほら、あそこ、血のあとが残ってるやろ」

「家の者は助けられへんかったんか？」

「家には皆おったけど、誰も気づかんかったそうや」

「へえ」

「一刀のもとにズバッ。悲鳴上げる間もなかったんや」

野次馬は見たようなことを言った。

「じゃあ、押し込みでもないのか？」

「そうみたいや」

「へえ」

奇妙な話である。

だが、たとえ夜中であっても、こんな大坂のど真ん中で、辻斬りを働くようなやつがいるだろうか。

また、押し込みなら清吉が家に入りかけた隙《すき》に押し入るだろう。

「金も盗られてないのか？」

竜之進は、野次馬に訊いた。

「そうみたいでっせ」

「ふうむ」

金が目当てでもない。とすると、やはり淀殿の話がからむのか。

それから竜之進は、下駄屋の隣の薬種問屋である西海屋を見た。

間口は十間《けん》（約一八メートル）ほどあるだろう。

たいした豪商である。

すでに板戸は閉まっているが、二階の庇《ひさし》の下に、屋号のほか薬の名を大書《たいしょ》した看板もたくさん掲げられている。そのなかには覚えのある薬もあるが、ほとんどは知らない。もっとも竜之進は、薬など飲んだことがない。

もしも子どもができていたら、茶々はここの女将《おかみ》だったのだ。だが、大店《おおだな》の女将になった茶々の姿は、あまり想像できなかった。

その茶々が明珍堂から神妙な顔で出て来た。西海屋のほうは見ようともしない。

「ほな、帰ろ」

心斎橋のほうに歩き出そうとしたとき、

「おう、甘酒屋の茶々やないか」

十手を持った武士が声をかけてきた。どうやら町方の同心らしい。江戸は町方の同心は袴《はかま》を穿《は》かない着流し姿だが、大坂も同様らしい。ただ、羽織の丈は短く、いかにも下級武士という感じがする。

顔は目鼻立ちこそ端整だが、輪郭がきれいな逆三角形で、カマキリに似ている。いきなり斧《おの》でも振り上げそうである。

「あ、どうも」

茶々は硬い顔で、軽く頭を下げた。

「そちらは？」

と、同心は竜之進を十手で指し示した。無礼なふるまいだが、わざと怒らせようとしているのかもしれない。

「江戸の剣術の先生です。しばらくうちとこへ滞在していただいてますねん」

茶々がそう言うと、同心はわざとらしく目を見開き、

「ほう、剣術の先生。どちらの流派で？」

「三社流と申す」

「三社流？　一刀流の流れかな？」

「いや、とくにどこの流れというわけではござらぬ」

「なるほど。すまんが、ちと、刀を見せていただいてよろしいか」

「どうぞ」

父親の形見の刀だが、斬れ味からして、相当いい刀である。おそらく相州《そうしゅう》五郎《ごろう》正宗《まさむね》——と竜之進は思っているが、なにせ銘《めい》がない。だが、銘がないのは、正宗の刀にはありがちなのだ。

「ふうむ」

同心は刃を提灯の明かりに近づけ、表裏とひっくり返した。傷一つない白刃が、提灯の明かりを切り開いたように、ぎらっ、ぎらっと光った。

血のあとも、刃こぼれもない。少年が書いた「正義」という字のように、なんの疚《やま》しさも感じさせない。

「すまなんだ。ばっさりやられとったので、かなり腕の立つ者に斬られたみたいやったからな」

竜之進に嫌疑をかけたわけである。

そう言うこの同心も、かなりの剣の遣い手と見た。

同心が竜之進に背を向けると、

「あれが、大沢丈《じょう》右衛《え》門《もん》。やな野郎なんや」

と、茶々は顔をしかめて言った。

「なにかされたのか?」

茶々は気味悪そうに首を横に振って言った。

「うちはなにもさせへん。でも、あいつに頼みごとをすると、身ぐるみ剝《は》がされるという評判や」

翌日は大晦日である――。

なにをどうやって調べたらいいか、まるでわからないうちに、竜之進は淀屋橋の近くまで来てしまった。

昨日は暮れ六つ過ぎだったので人通りもさほどではなかったが、今日はすさまじい。江戸の両国《りょうごく》界隈より賑わっているのではないか。

江戸は武士が多いが、大坂は町人が圧倒的に多い。また、女も多い。その女たちは、江戸の女より着物が派手である。赤や黄、さらに金糸銀糸もふんだんに使った着物を、見せびらかすように堂々と歩いている。身体も江戸の女たちより一回りほど大きい気がする。また、江戸の女の倍くらい食べそうである。か細い茶々が、可哀そうに思えてくるほどである。

しばらく大坂のおなご見物でもしていたいが、そうもしていられない。まずは、殺しのことより、清吉が知りたかったことを訊いて回ることにした。つまり、大坂城の淀殿は、猫を飼っていたかどうか。

猫を飼っていたとしても、もちろん、すでに死んでいる。

だが、淀殿のことなら知っている者がいそうである。

こんな大晦日に、猫のことなど訊いている場合かとも思ったが、年寄りたちは逆に、家の前などで暇そうに通りを眺めていた。

そんな年寄りたちに竜之進は手当たり次第、声をかけていった。

「淀殿は、大坂城にいるとき、猫を飼っていたか、いなかったか、知っているかい？」

「知るかい」

とか、

「教えたら、なんかくれるか」

などという答えばかりだったが、そのうち一人の婆さんが、

「淀殿は猫を飼うてはりました。それも一匹やのうて、数匹いてましたよ」

と、驚いたことを言った。

「どうして知っている？」

「あたいは、落城前のお城の台所で働いとったんや。ときどき淀の方さまが廊下を猫を抱きながら歩いてはるのも見ましたで」

「猫の首になにかつけてなかったかい？」

「ああ、猫たちは金の鈴をつけてましたで。猫に金の鈴をつけられるのは、淀の方さまだけやろな」

金の鈴を知っているということは、話に嘘はない。

ということは——。

やはり西海屋の下にある穴は、かつて大坂城に通じていたのだ。

五

大坂の正月は、江戸より賑やかなくらいだった。

元日の朝から、茶々の家の前を北に向かって大勢の人が歩いて行く。それは、天満宮《てんまんぐう》に初詣に行く人たちらしい。

大晦日のつづきで酔っ払っているような男たちの声もしている。

「茶々は行かないのか?」

二階の寝床で、茶々の髪を撫でながら、竜之進は訊いた。

「凄い人出で疲れてしまうんよ。それに、今日はゆっくり望月はんとこうしていたいから」

茶々が身を寄せてきたので、

「そうだな」

と、足をからめてやる。

二度寝のあと、

「いかや、いかや」

という茶々の声で目覚めた。茶々は、窓を開け、外を見ている。二階の窓は東を向いていて、日差しはすでに南へ通り過ぎようとしている。

「いか?」

竜之進も起き上がって、窓から城のほうを見ると、空いっぱいに凄《すさ》まじい数の凧《たこ》が上がっている。江戸でもこれほどの凧が上がるようすは見たことがない。

「凧だろう」

「江戸は凧というらしいけど、ほんまはいかや。いか幟《のぼ》りや」

「そういえば聞いたな」

江戸でもいか幟りが大流行して、糸が切れたいか幟りが、お城のなかや大名行列に落ちてきたりするので、ついに禁令が出された。だが、流行は止《や》まず、これは「いか」ではなく「たこ」だと言い訳して、たこ幟りになったらしい。

「大坂の正月の名物や」

と、茶々が自慢げに言った。

「たしかにこれは見ものだ」

竜之進もうなずき、茶々を抱きしめて、

「だが、わたしの見ものは、いかより茶々だ」

そう言って、また布団に潜り込んだ。


茶々は二日から店を開けた。

「初売りや」

と、張り切っている。茶々は働き者なのである。

開けてすぐ、

「茶々……」

と、三十半ばくらいの男の客が来た。

「あ、なんや、あんた」

茶々は眉をひそめた。

「年末に、清吉はんの家の前で、お前を見かけたんや」

「ああ」

「懐かしいてたまらんかったんや」

竜之進は、大釜《おおがま》のわきに座って、話を聞いていた。どうやら、茶々の元の夫
――西海屋のあるじらしい。

釜のわきから顔を見ると、こざっぱりした、なかなかいい男ぶりだった。

「子どもができんかったのは、お前のせいやなかったんや」

「いまさら、なに言うてんの」

茶々はそっぽを向いた。

「あても、お前とは別れたくなかったんや」

「もう、遅い言うてますやろ」

「ここんとこ、面倒なことが多くて、あても疲れてしもて」

そう言って、縁台に腰を下ろした。

「なんやの、面倒なことて？」

訊いてしまうのは、茶々の人のよさだろう。

「いや、お前に言うてもしゃあない」

ひどく深刻そうだった。

茶々は相手にするつもりもないらしいが、西海屋のあるじは愚図愚図している。

ほかの数人の客の相手をしたあと、

「ね」

西海屋のあるじに声をかけた。

「ん？」

「この人、うちのいい人」

茶々は振り向いて、竜之進を紹介した。

竜之進も仕方なく立って、軽くうなずいた。

「剣術の先生。無茶苦茶強いんよ」

「そうやったか」

西海屋のあるじは慌てて立ち上がり、あたふたと帰って行った。

六

昼過ぎから、竜之進はまたも淀屋橋のほうへ行ってみた。

初売りの町は大賑わいである。

ここらは川が中之島《なかのしま》という島で二つに分かれていて、南は土佐堀川《とさぼりがわ》でここに架かるのが淀屋橋、北の流れは堂島川《どうじまがわ》。流れがいっしょになると大川《おおかわ》とか淀川《よどがわ》とか呼ばれるようになるらしい。

江戸の大川を隅田川《すみだがわ》とか宮戸川《みやとがわ》とか別の呼び方をすることがあるのといっしょ

である。

ここらは、江戸で言うと、日本橋《にほんばし》界隈に近いのだろう。商いの中心地になっているらしい。

淀屋橋の上やたもとは、凄まじい混雑である。

その混雑する橋の上を、

「どけ、どけ」

「邪魔臭いやつらやな」

と、肩で風を切って闊歩《かつぽ》して来た連中がいた。派手ななりをした五人連れの武士たちである。見るからに、まともな武士ではない。しかも若いならともかく、いずれも四十、五十になっているらしいから、じつに見苦しい。

江戸の旗本奴《はたもとやつこ》と似たような連中なのか。

だが、旗本奴はその名が表すとおり、れっきとした旗本の倅どもだが、こっちは浪人の体《てい》である。

すれ違う人たちは、怯《おび》えたように道を空ける。

道端の店で醤油で煮たコンニャクを食べながら、竜之進は、

「あいつらはなんだ?」

と、店のあるじに訊いた。

「昔の残党狩りの連中ですわ」

「残党？」

茶々は十年ほど前までは残党狩りがあった、と言っていた。

「大坂方で戦った武将や武士を見つけては、徳川方から礼金をせしめてきた連中です」

「それはだいぶ前の話だろうが」

「でも、いまだにああして偉そうにしとるんですわ。はよ、おらんようになりゃええんですが」

それにしては羽振りがよさそうである。

「暮れにも、ここらあたりにいたのかな？」

「いてました。あても見ました」

ということは、清吉が斬られた晩もここらにいたことは考えられる。

あの連中こそ、いちばんに疑うべきではないか。

竜之進がじいっと後ろ姿を見ていると、

「よう、剣術の先生やないか？」

と、後ろから声をかけられた。

振り向くと、逆三角の顔がすぐそこにあった。人の肌の色をしているのが不思議なくらい、カマキリに似ている。同心の大沢丈右衛門だった。それにしても、こんな後ろに来るまで、気がつかなかった。

「清吉が殺された晩も、残党狩りの連中がうろうろしていたらしいぜ」

と、竜之進は大沢に言った。

「だから？」

「清吉を斬ったのは、あいつらではないか？」

「いや、違うな」

「なぜ？」

「清吉なんか斬ったって、あいつらにはなんの得にもなるまい」

大沢はかばっている。

「だが、ろくなことはしていないな。顔でわかる」

そう言って、竜之進は大沢の顔をじいっと見た。同じ類いの顔である。人を脅しながら世の中を渡って来た顔。

「では、なにをしているというのだ？」

「それはわからぬが、残党狩りのつづきのようなことだろうな」

「残党狩りのつづき?」

大沢は鋭い目で竜之進を見た。

心斎橋たもとの茶々の店にもどると、

「今日はものすご売れた。もう、甘酒は売り切れ」

と、疲れた顔で言った。

たいしたものである。だが、甘酒などいくら売れてもたいした稼ぎにはならない。竜之進もいつまでもただ飯を食うわけにはいかないのだ。

「残党狩りの連中を見かけたよ」

と、竜之進は言った。

「ああ、あいつら」

茶々は顔をしかめた。

「ずいぶん嫌われているな」

「そりゃそうや。大坂はなんやかんや言うても、太閤はん贔屓《びいき》やさかい。残党狩りは徳川はんにはようてもな」

「だが、もう残党なんかおらぬのに、いつまでも羽振りがいいのもおかしいな」

「ほんまやな」

竜之進はしばらく考えていたが、

「もしかして……」

閃《ひらめ》いた。秘剣でも編み出したみたいに爽快な気分になる。

「なに？」

「太閤贔屓と言ったよな。残党はすでにいなくても、残党をかくまったところはまだある」

「うん、確かに」

「いまも、それは知られるとまずいよな」

「そりゃそうや」

「だが、そこを突っついてみたら？」

「お金を出すわけやね」

「西海屋は太閤贔屓か？」

「もちろんや」

「西海屋が言っていた面倒ごとというのは、それじゃないのか？」

「あ」

「脅されているのだろう」

「そうかもしれへんな」

「茶々。わたしが西海屋に訊きに行ったらまずいか?」

「望月はんが?」

微妙な顔をした。

いま、いっしょに暮している男が、自分を追い出した家に行くというのは、やはり変な感じがするのだろう。

「清吉殺しともつながるかもしれぬぞ」

竜之進がそう言って立ち上がると、茶々が後ろから言った。

「あんな人に未練なんかないけど、義理は多少残ってるかもしれんな」

七

初売りを終えて、店を閉め始めていた西海屋を訪ね、あるじを呼び出して、

「茶々に言われて来た」

と告げると、店の隅のほうに座らされた。番頭や手代《てだい》の目が気になるらしい。この男はかなり見栄っ張りなのだ。

西海屋のなかは不思議な匂いがしていた。これが薬の匂いなのだろう。

いつか自分もこうした薬を煎《せん》じて飲むような日が来るかもしれない。竜之進の父も、晩年はなにやら煎じ薬を飲んでいたのではなかったか。

「茶々がなにを？」

「あんたの面倒ごとというのを気にかけていてな」

それは嘘ではない。

「そうですか」

西海屋は嬉しそうな顔をした。

「これはわたしの推測なのだがな、ここはかつて落ち武者をかくまったりしたことがあったのではないか？」

「なんで、そないなことを？」

西海屋の顔が強張《こわば》った。

「ここらをうろうろする残党狩りの連中が、残党などいなくなったいまも羽振りがよさそうなのはなぜなのかと考えたのだ」

「……」

「そうしたところを捜し出し、脅しているのではないかな?」

「……」

「どうだ? 正直に言ってくれぬと、解決することはできぬぞ」

「脅されてます」

西海屋はうなずいた。

「それでどうしてる?」

「金を払いました」

「いくら?」

「十両」

この店にとってはたいした額ではない。だが、それを払っては駄目なのだ。

「一度じゃ済まないだろう?」

「はい」

「だんだん額は大きくなる」

「そうでした」

「いくらになった?」

「年末には、とんでもない金額をふっかけてきました」

「いくら？」

「五百両」

「ははあ」

「助けていただけませんか？」

西海屋は、すがるように竜之進を見た。

「町方に相談はしたのか？」

「駄目ですよ」

「駄目？」

「つるんどるやないですか」

「やっぱりな」

「お礼はします。百両」

と、西海屋は勢い込んで言った。

「百両……わたしにか？」

「ええ。それでケリつけてください」

用心棒の仕事である。その手の仕事は初めてではない。

百両あれば、大坂で道場を開くことができるだろう。そうすれば、茶々と所帯を持つようなことになるかもしれない。ここに来る前の日々を思い出した。夜は寒いから歩いていて、昼間、陽を浴びながら熟睡した。昼夜が逆になり、だんだん人とも会わなくなっていた。あんなフクロウみたいな暮らしともおさらばできるだろう。ネズミと食いものを取り合うようなこともしないで済むだろう。百両あれば。

竜之進は、明らかにその額に目が眩《くら》んでいた。

だが、すっきりしないものはある。この件と、清吉殺しはどう結びつくのだろう?

「わたしは、茶々から西海屋を助けろと言われたわけではない。清吉殺しの下手人を捕まえてくれと言われているんだ」

「そうですか」

なぜか西海屋の目が泳いだ。

茶々の店にもどって、

「清吉はたぶん、あの残党狩りの連中に斬られたのだと思う。ただ、清吉が斬られる理由がわからない。連中は、清吉のことを知っていたのかな？」

と、竜之進は言った。

茶々は甘酒にする粥を炊いているところだった。猫が板戸の向こうで鳴いている。毛が入ったりしないよう、甘酒をつくるところには猫を寄せつけない。

「それはおそらく……清吉はんが淀殿はんの話を訊き回っとったら、あいつらの耳にも入ったはずや」

「そうだな。だが、それで斬られるほどのことになるかな」

「もしかしたら……」

「なんだ？」

「うち、清吉はんがおしゃべりやよって言えへんかったんやけど、西海屋には金塊伝説というのがあるんよ」

「金塊伝説？」

「そう。昔は、西海屋はもっと小さな薬屋やったんやけど、大坂の役のとき、あの穴から金塊を持って逃げて来た人たちがおったんやて」

「そりゃあ穴が通じていたら、やって来るのは猫だけじゃないわな」

「ほんまのことかはわからんよ。でも、こんな話を番頭から聞いたんや。瀕死《ひんし》の重傷で金塊を持って出て来た武士がいてたけど、そこで亡くならはった。西海屋のご先祖さまは、遺体は丁寧に弔ったけど、金塊は自分のものにし、それを元手に身代《しんだい》を大きくしはったんやて」

「ほんとのことか？」

「それがわからへんのよ。番頭もほんとのことはわからへんて。ただ、あの祠を、お舅《しゅうと》はんやお姑《しゅうとめ》はんは、熱心に拝んではったよ」

「ふうむ」

「ねえ、望月はん。金塊伝説いうんは、西海屋だけのことやないの。大坂城から金塊が運び出されたっていう話は、お城の周囲のそこらじゅうにあるの。当然、残党狩りの連中も知っとったでしょ」

「だが、それと清吉の淀殿の猫の話が結びつくと……」

「連中もぴんときて、西海屋、お前のところやろ、とならへん？」

「ほう」

茶々の頭のよさに感心した。

大坂城の金塊を元に、西海屋は身代を大きくした。これは、脅しには格好のネタになるだろう。

「違う？」

「いや、いいところまで来ていると思う」

あとは清吉がなぜ殺されたか？

「どないする？」

「とりあえず、西海屋が脅されている。助けてくれとも言われた」

「助けるん？」

茶々は微妙な顔をした。

「そうだ」

と、竜之進はうなずいた。礼金は百両なのである。この近くで手ごろな家を買い、道場を開く。清吉殺しを解決したことも評判になって、弟子も集まるのではないか。

「でも、相手はいっぱいいてるやないの」

「なあに、五人だけだ」

とは言ったが、それに同心の大沢も加わる気がする。

「そんな。腕に自信のある暴れん坊ばっかりや」

「五人はちと多いか」

「もう、ええよ。望月はん」

と、茶々は言った。

「なにがいい？」

「清吉はん殺しの下手人捜し」

「いや、ここまで来たら、最後の真実を明らかにするさ」

お前とずっと暮らせるかもしれないのだぞ、という言葉は言わずに飲み込んだ。

八

正月三日の夜——。

竜之進は西海屋にいた。

「三日の夜、もう一度来る」

と、残党狩りの連中から伝えられていたのだ。

西海屋は、二百両を用意していた。

これしか出せない、これを最後にしてくれ、と頼むつもりだそうだ。

五百両を値切るわけである。

竜之進は苦笑するしかない。

こういう場合、ほかの似たような連中を五十両で用心棒として雇って片づけてもらうという手はある。その代わり、今度はその雇ったやつらに脅されることになる。用心棒もうっかり頼めない。

敵は五人。いや、同心の大沢もついているから六人。

一度に六人相手は、竜之進もつらい。

「いつも六人で来るのか?」

西海屋に訊いた。

「いや、三人やったり、四人やったりもします。同心の大沢が来ることはありません。いちおう、裏に引っ込んではるのでしょう」

大沢がいないのは楽である。おそらく、あいつがいちばんの遣い手である。

ただ、大沢をなんとかしないと、新しい荒くれどもを見つけてくるだろう。

「三人だといいな」

店を閉じ、番頭や手代も下がらせ、あるじと竜之進とで待っていると、戸を叩いて連中がやって来た。

竜之進は、横の小窓から見ながら、

「よし、三人だ」

と、言った。

それ以上で来るなら、外の道ですれ違いざま、一人、二人を倒してから、いったん駆け去り、ここにもどって三人と対峙するつもりだった。

「約束どおり来たで」

そう言って、三人は入って来た。

竜之進は持参した木刀を手にして、土間のほうに立っている。

三人は竜之進を見ると、

「なんだ、そいつは？」

「わたしは用心棒だよ」

「なにっ」

ここは電光石火で動いた。

最初の一人を突きで撃ち倒すと、二人目は首筋を叩き、刀を抜こうとした三人目の腕を払った。左手が手首の上あたりで折れたのもわかった。

ほとんど手ごたえはなかった。皆、四十代後半から五十代。残党狩りの若手も、いまはもう身体にガタが来ていた。

三人を後ろ手に縛り上げた。

まずは、清吉の件を問い詰めた。

「あの晩、あいつはここにおったんや」

首筋を叩いてやった男が答えた。あとの二人は、話す元気もないらしい。

「そうなのか?」

と、竜之進は西海屋を見た。

「こいつらが連れて来ていたのです。話の辻褄《つじつま》が合うか、同席させたみたいです」

と、西海屋は言った。

「この話はよそで言うなと脅し、言いませんとは言ったが、あんな口が軽そうなやつはおらん。家に帰ろうとするのを、店から出て、ばっさり斬ったいうわけや」

一人が開き直ったように言った。この程度の技量でも、町人を後ろからならばっさり斬れるらしい。あのとき大沢は、すべて知っていて、竜之進の刀を見たのである。もし、わずかでも欠けていたりしたら、罪をかぶせていたのではないか。

「なんで大沢がお前らとつるんでいる?」

「あいつは、十年前の残党狩りで大物を見つけたとき、町奉行所にうまく話をつけ、潜り込んだんや。目端の利くやつや」

「なるほどな」

大沢の悪事はこっちの脅しに使える。

「二度と悪事に手を染めないなら、と大沢に約束させるのだ」奉行所にも黙っておいてやる。二度とこっちを脅したりしなければ、と大沢に約束させるのだ」

と、西海屋に言った。

「なるほど」

「では、大沢を呼び出すことにしよう」

大沢と残りの二人は、近くの飲み屋で、仲間が五百両持ってもどって来るのを待っているらしい。

「その前に……」

と、竜之進は店のなかを見渡した。

大店《おおだな》だけあって、土間もかなりの広さである。いままで竜之進が立ち上げたどの道場よりも広い。土間を上がれば奥行きが二間（約三・六メートル）ほどの畳敷きになっている。そこには焼き物の大きな火鉢が三つほど置かれ、鉄瓶がかかっている。

「手代はいるだろう?」

「ええ。余計な話は聞かさんよう、奥に引っ込めてますが」

「手伝わせてくれ。そこの火鉢を土間のほうに移すのだ」

「火鉢を土間に?」

西海屋はわけがわからないという顔をした。

西海屋が呼びに行き、まもなく大沢たち三人がやって来た。

潜《くぐ》り戸から入ると、すぐに縛られた仲間が見える。

「なんだ、そのざまは?」

大沢が訊いた。

「用心棒がいるんだ」

首筋を腫らした男が情けなさそうに言った。

「用心棒だと? どこにいる?」

「ここだよ」

竜之進は奥からのっそりと姿を現し、土間へ降りた。

「きさまか」

大沢が刀を抜いた。

竜之進は抜き放った刀を返した。峰打ちにするつもりである。

「なんや、この邪魔臭いのは？」

大沢が土間に並んだ火鉢を見て言った。火鉢を三つ、真ん中に並べてある。どれも薬草を煎じる土瓶が載せられ、沸騰してぐつぐついっている。

斬り合いをするにはひどく邪魔になる。

が、視界に夾雑物《きようざつぶつ》は多いほどいい。足元は悪いほうがいい。世界がでたらめで混沌《こんとん》であるほど、三社流は火を噴くように力を発揮する。

「いくぜ」

そう言うと、竜之進は土瓶を足で蹴った。それは灰のなかに転がり、熱湯と灰とを巻き上げた。

「うわっ」

ひるんだところを、手前の男の顔を横から払った。

そのまま進んで、刀を抜きかけた二人目の胴をきれいに払った。バキッという、あばら骨が折れる音がした。

三人目は大沢だった。

抜き放った刀をそのまま寄せてきた。

竜之進はこれに合わせず、土間から畳の上に跳び、そこからさらに跳んで、火鉢のわきをかすめながら、大沢の耳を叩いた。

「ぐわっ」

激しい痛みで目が眩《くら》んだはずである。

闇雲に振り回す刀を避け、次の一振りで手首を砕いてやった。

これで終わった。

三社流の剣は、四度走っただけだった。

ところが、この先、予定外のことが起きた。

西海屋は、大沢の脅しから逃げられるとわかると、すぐ町方に連絡し、ほかの与力や同心たちを引き連れて、駆けつけて来たのである。

「大沢。脅しで金を懐に入れていたらしいな」

与力らしき男が言った。

「うっ」

大沢は言い訳はせず、天を仰いだ。これまでと覚悟したらしい。

六人は町方の手で引っ立てられて行く。

「こちらが助けてくれた江戸の人です」

と、西海屋は与力に竜之進を紹介した。

「さよか」

「立派なお人です。正義のために立ち上がってくれはりました」

「正義のため？」

「奉行所からぜひ、褒美を」

と、懇願した。

——ははあ。

西海屋の魂胆《こんたん》がわかった。

竜之進は善意の人に祭り上げられたのだ。

これだと、約束した百両の請求はできなくなってしまう。

——もしかしたら……。

百両の使い道と行く末も察知したのかもしれない。大坂に腰を下ろし、茶々ともいっしょになる。それをさせたくないのだ。茶々に未練があるのだろう。

西海屋は、小心で、こずるいうえに、なかなかしたたかな男だった。

九

正月七日の朝——。

茶々がつくった七草粥を食べた。今年もどうにか無事息災《そくさい》でいられますようにと、祈りを込めてつくってくれた。

今日の朝、旅立つことは、昨晩すでに伝えてある。泣かないでくれるといいと期待したが、やはり茶々は泣いた。

大坂で道場をつくる夢は消えた。

であれば、剣客は旅立たなければいけない。

ここで茶々とぬくぬくと暮らせば、剣の腕はたちまち錆《さ》びつくだろう。幸せな暮らしと剣の鋭さは、おそらく表裏一体なのだ。

剣など捨てればいいではないかと、心の奥でそういう声もする。この平和な世では、しょせん役立たずなのだ。生き延びられる剣術は、見映えのいい剣、上品な剣、そういった芸ごとに近い剣だろう。

森を走り、地べたを転げまわるような三社流は、これからは笑いものでしかないかもしれない。

それでも、心の奥では、剣の道が遠くまで延びている。その道を行かねばならぬと囁きかけてくる。

「茶々。世話になったな」

竜之進は、草鞋《わらじ》を結び、振り返って言った。

「うちも好きで世話したんやし、どうせ望月はんは旅に出てしまうお人やと思ってた」

「落ち着かない男なんだ、わたしは」

「落ち着く気はあるの？」

「………」

ないわけではなかったのだ。本当にあの百両があれば。

こんな可愛い女に出会える日がまた来るのだろうか。自分はいま、二度と手に入らないひどく大切なものを捨て去ろうとしているのではないか。

「平気や。うちは猫を可愛がって生きていくさかい」

茶々の腕には、竜之進が助けた猫がいる。金ではないが、鈴もついている。

「なんか、困ったことがあったら……」

と、竜之進は言い淀んだ。

「どうやって伝えるの？」

「そうだな」

ほとんどが旅の空。道場はどこにつくるか、予定もない。

「いちおう、心のなかで呼んでみるわ。風のたよりに乗せてみる」

茶々はそう言った。

「うん。そうしてくれ」

この細い身体を、もう一度、抱き締めたかった。

だが、それをすれば旅立つことは難しくなりそうだった。

「じゃあな」

手を上げたとき、望月竜之進は、淀殿と猫を足したくらい可愛い茶々に背を向けていた。

第三話　服部半蔵《はっとりはんぞう》の犬

一

望月竜之進は、足にひどい怪我をした。

木刀で右の向こう脛《ずね》を思い切り打たれたのである。

五寸釘を打ち込まれ、そこに釣鐘《つりがね》でもかけられたみたいな激烈な痛みだった。

折れはしなかったが、たぶん罅《ひび》が入った。それも稲妻みたいに枝分かれした、複雑な罅のような気がする。

道場での稽古の最中だった。

油断したのだろうと言われれば、油断していたと思う。

十人ほどの子どもたちを教えていた。

八歳の子どもに手取り足取りして教えていたところに、弟で五歳の子どもが、兄が苛《いじ》められているとでも思ったらしく、とことことやって来て、思い切り振り回した木刀が、見事に旋回し、竜之進の向こう脛に叩きつけられたというわけである。

なにせ五歳の子どもだから、怒ってはいたらしいが、殺気というものまでは感じさせない。ヒヨコかアヒルが餌《えさ》を求めて近づいて来たような気配はあったが、まさか木刀の角が骨の尖《とが》ったところに激突するとは思わなかった。

「うわっ」

と、右足を押さえて床に転がった竜之進に、

「どうだ。まいったか?」

そのちび助は言った。

「ううっ。まいりました」

そう言わないと、次は頭を打たれそうだった。

竜之進は、十日ほど前から九州は黒田《くろだ》藩の福岡《ふくおか》城下に来ていた。古い友人から、ぜひとも頼みたいことがあるので来てくれと、文をもらったのである。物見遊山《ものみゆさん》ついでに来てみたら、

「道場が流行《はや》り過ぎて、弟子が三百人ほどになっているのだが、わしは去年くらいから痛風《つうふう》がひどくて、とても教え切れぬ。望月、手伝ってくれ。師範代になってくれ」

と、言うのである。

「おぬし、柳生新陰流《やぎゅうしんかげりゅう》だろうが。わたしは、新陰流の剣は学んだことなどないぞ」

そう言って固辞しようとしたが、

「いや、大丈夫だ。新陰流はいまでは将軍家の剣法として上品そうにしているが、もともとかなり破天荒《はてんこう》な剣だ。おぬしなら無理なくやれる」

「わたしは三社流だ」

「それはそれで教えてもかまわぬ」

「そんな馬鹿な」

「頼む。この通り」

手まで合わされて、

「では、ちょっとだけ手伝うが、師範代は荷が重い。勘弁してくれ」

そういうことになった。

教え始めると、

「望月先生の教え方はうまい。一日一日強くなるような気がする」

などと、自分の道場では言われたことがないような褒め言葉までもらった。

——少し遠慮があるくらいがちょうどいいのかもしれない。

と、思ったほどである。

だが、その稽古もつづけられなくなった。

とにかく痛くて立っていられない。稽古どころではない。夜、横になっても、痛くて眠れないほどなのだ。

いままでも、打ち身や切り傷は数え切れないほど経験しているが、これほど痛いのは初めてである。

「これは、しばらく湯にでも浸かったほうがいいな」

と、友人の道場主は言った。

「湯か」

「大宰府《だざいふ》の近くに次田《すいた》の湯《ゆ》（現在の二日市温泉）という打ち身に効く温泉がある。そこに行け」

「そこに行くのも無理だ」

竜之進がそう言うと、ちび助——名は小野田辰之助《おのだたつのすけ》といったが、その父親が小野田多門《たもん》という黒田家の重臣で、

「息子がとんでもないことを。次田までうちの駕籠を出しますので」

と、いろいろ手配を済ましてくれた。

そういうわけで、望月竜之進はいま、次田の湯で療養中なのである。

湯は硫黄《いおう》の匂いも少しするが、白く濁るほどではない。陽が差し込むと、淡い緑色になる。いろんなものが混じっているみたいで、いかにも効きそうな感じがする。なにより、湯量が凄い。こんこんと湧き出ていて、贅沢な気分にひたることができる。

この温泉場は、藩主も湯治に来るところで、御前湯という藩主専用の湯もある。もちろんそこには入れない。

共同の湯があり、湯宿はすぐ隣だった。

松葉杖をつけば、どうにか一人で湯舟まで行ける。

農繁期だから、昼間は湯治の百姓はいない。野良仕事が終わる夕方のいっときだけ混み合って湯も汚れるらしいが、なにせ湯量が多いからすぐにきれいになる。

竜之進は、朝飯の前に入り、昼飯のあとに入り、それから夜中にもう一度浸かった。熱めの湯だからそうそう長くは入れないが、出たり入ったりしながら、どす黒く腫れあがった向こう脛を、出来の悪いわが子のようによしよしと撫でつづける。

ほかは旅人が泊まる以外、無役で暇そうな武士が、たまにこそこそと入りに来るくらいである。

一人だけ、向かいの湯宿に妙な長逗留《ながとうりゅう》らしい客がいる。

町人らしいが、ひどく愛想が悪い。初めて湯舟で顔を合わせたとき、竜之進は、

「どうも」

と、挨拶した。じつは竜之進も挨拶というのは苦手なのだが、それでも礼儀としてしたのである。だが、向こうは嫌そうに顔をそむけた。話もしたくないらしく、ひょうたんの形をした湯舟の遠いほうに移ってしまった。竜之進が先に入っていると、かならず遠く離れて入る。

そうまでされると、逆に観察してしまう。

なんとなく身体の動きがおかしいと思ったが、どこか不自由なのではなく、背中の傷を見られないようにするためだとわかった。

刀傷で、背中をばっさりやられていた。

肩からほとんどまっすぐに斬られている。幸い背骨は無事だったらしい。傷はやっと糸が取れたくらいで、赤く腫れている。まだ完全にふさがってはいないのではないか。この傷を治すために、湯治に来たらしい。

痛々しいというよりは、なんとも禍々《まがまが》しいくらいの傷である。

背中をあんなふうに斬られるとは、なにがあったのか。

あんなふうに斬られる者は、たぶんあんなふうに何人もの背中を斬ってきたのではないか——そんなふうに思ってしまうほど、その傷にはよからぬ秘密が潜んでいるように感じられたのだった。

二

宿の部屋には、竜之進が一人だけである。

四畳半だが、床の間もあり、畳もきれいである。小野田多門はずいぶんいい部屋を用意してくれたのだ。

朝陽が入る東向きの窓があり、昼の湯から出たあと、窓辺に座って外を眺めていた。

いまは五月《さつき》。今年の梅雨は早く明けたらしく、日差しが田んぼの稲に照り輝いている。風が吹くと、緑の波が上下するさまは、海の波とはまた違った美しさがある。

——ん？

犬の吠える声がした。左手に川が流れているが、その土手の上に男がいる。どうやら湯でいっしょになる、背に傷のある男のようである。

その男に、黒い毛をした犬が、激しく吠えかかっている。

すると、男は腰に差していた短い刀をいきなり抜き放った。男は右手一本で刀を持ち、じりじりと間合いを詰めた。

本気で斬ろうとしているのだ。

——なんてやつだ。

竜之進は、生きものにむごいことをするやつを見ると、怒りを覚える。

もう少し近ければ、「よせ」と声をかけるところだが、半町（約五四メートル）以上離れている。

男が斬りかかった。

だが、黒い犬はその刃をかわし、いったんぐるりと男の周囲を回ると、なにか咥《くわ》え、西に走って逃げて行った。

——ひどいやつだなあ。

それにしても、機敏な犬だった。

ちゃんと相手の動きを見て取り、刃もかわした。逆に、隙をついて攻撃の気配さえ見せたほどだった。

また、賢そうでもあった。

飯の世話を頼んでいる宿の爺さんがいたので、

「いま、黒毛の賢そうな犬を見かけたのだがな」

と、声をかけた。

「ああ。ときどき山から来ている犬でしょう」

「山から？」

「女といっしょに山を下りて来るんですが、女が用を足してるあいだ、おとなしく待ってるんです」

「ははあ」

咥えていたのは、女の荷物かなにかで、あの男はその荷物をどうかしようとして吠えられたのではないか。

するお爺さんは、

「あれは忍者犬なんですよ」

と、意外なことを言った。

「忍者犬？」

「かつてここに忍者の総師《そうすい》といわれる服部半蔵が潜んでいたことがありましてね。そのときに、犬を飼っていて、それがいまだに生き残っているというわけです」

「そんな馬鹿な」

と、竜之進は苦笑した。

服部半蔵というのは、伊賀《いが》組と甲賀《こうが》組を束ねるいわゆる忍者の頭領で、江戸城には半蔵門という名前の門まである。

「いや、ほんとらしいですよ」

「いつごろの話だ？」

「大坂の役のころでしょう。九州には豊臣恩顧《おんこ》の大名が多いんですよ」

「そうだな」

「その大名たちがどう動くか見張るため、服部半蔵さまが大勢の密偵《みってい》を率いてやって来たというんですよ」

「なるほど」

徳川家康《いえやす》が密偵を放ち、動向を窺《うかが》わせたのは考えられる。ただ、それが服部半蔵本人だったかどうかはわからない。

竜之進が疑わしそうな顔をしたのだろう、

「たいした大物で、湯に浸かりながら忍者の報告を聞き、あちこちに向かわせていましたっけ」

「爺さん、見たのか？」

「見ましたよ。見ても、ああいう人の顔はよく見えないんですな。なんか、こう、霧がかかったみたいで」

「そりゃ、霧じゃなく、湯気だろうが」

竜之進がそう言うと、ムッとしたらしい。

まあ、地元の者としては、それくらい大物がいたと思いたいのだろうが、だからといって、服部半蔵らしき人物が飼っていた犬のわけがない。

「大坂の役から何年経つんだ？」

「あたしが二十歳くらいのときだから、四十年ほど経ちますかな」

「だったら、そのときの犬は死んでるだろうよ」

すでに四十年近く過ぎようとしている。

だが、これにも異を唱える。

「あれは、仔犬のとき、長生きするような餌を与えられ、それからもそういう餌を求めて食べているんだ」と。

「じゃあ、女はなんなんだ？」

「あれはなにも知らずに飼ってるんです。一度、向かいの宿の者がそういうことを教えたけど、本気にしなかったそうです」

「ふうむ」

それは女の態度のほうが当然だろう。忍者犬はいくらなんでもあり得ない。

「そういえば……」

と、ついでに訊いてみることにした。

「向かいの宿に、背中に大きな傷がある男がいるだろう？」

「ああ、いますな」

「どういう男か聞いてるか？」

「なんでも長崎《ながさき》の宿に泊まっていて、押し込みに斬られたそうですよ」

「ふうむ」

「気になりますか？」

「ちょっとな」

「お互いさまですな」

「え？」

「向こうさんも、あたしに旦那のことを訊いてました」

「なるほど。なんと答えたんだ？」

「いや。福岡城下で、剣術の先生をなさっているとは言いましたが、まずかったですか？」

「別にかまわんよ」

向こうは向こうで、怪しいやつだと睨んでいるのかもしれない。だとしたら、お笑い草である。

三

五、六日ほど湯治をしていると、ずいぶん痛みがやわらいできた。痛くて眠れないくらいだったが、昨夜は久しぶりにぐっすり眠った。眠れただけでもありがたい。

だが、腫れはひかないし、歩くのも松葉杖なしでは無理である。ただ、松葉杖の使い方に慣れてきたのか、歩行はいくぶん楽になった。

今日はすこし歩く練習を始めることにした。

痛みを我慢し、ゆっくり外に出た。

前の道は北に向かって、ゆるい下りになっている。道の脇は、左が田んぼで、右は畑になっている。畑に植えてあるのは、茄子《なす》と隠元豆《いんげん》だろう。このあたりは、江戸に比べると米や野菜の成長がひと月ほど早い。

やがて、道は川に沿うようになる。

土手はこの前、黒い犬が刀傷の男に斬られそうになったところである。

竜之進は土手に腰を下ろし、川の流れを見た。

さほど大きな川ではないが、水量は豊かである。水が澄んでいるので底を窺うと、一間(約一・八メートル)ほどの深さがありそうである。この時期、これだけの水量があるのだから、春先などは竜之進が座っているあたりまで来そうである。

ついぼんやりしていたら、
くぅーん。

という鳴き声がした。

振り返ると、また、あの犬がいた。

「よう」

声をかけると目が合った。

座って手を差し伸べると、寄って来た。尻尾を振っている。

首から顎と撫でてやる。よく見ると、真っ黒ではなく、喉のあたりや足先に白い毛が混じっていて、それがまた可愛らしい。

なにか食べさせるものがあればいいが、なにも持っていない。今度は宿で煮干しでももらって来ようと竜之進は思った。

女が近づいて来ていた。

だが、四、五間（約七・二〜九メートル）のところまで来ると、立ち止まってこっちを見ている。

「あんたの犬か？」

「……」

女は黙ってうなずいた。

「湯宿の爺さんから聞いたが、忍者犬なんだって？」

「……」

「服部半蔵の犬だとも」

「……」

口がきけないのか。

「そうなのか？」

薄く笑って、黙ったまま首を横に振った。

違うらしい。

女の歳は、よくわからないが、竜之進よりは上だと思う。三十四、五といったあたりか。

目立たない顔立ちである。前髪だけを眉が隠れるあたりで切り、残りの髪は後ろに束ねている。その前髪のせいで、ますます顔がはっきりしない。

笑顔もあまり見せず、表情も乏《とぼ》しい。

目尻に皺がある。しかし、老いや醜さを感じさせる皺ではない。

「犬の名は？」

「ぴっ」

と、口を鳴らした。

「ぴっ？　それが名か？」

「そう」

初めて言葉で返事をした。

「いくつだ？」

「生まれて三年目」

なにが長生きする餌か。だが、爺さんだけの戯言《ざれごと》ではなく、このあたりの連中はそう信じているらしい。

「可愛い犬だ」

「可愛いよ」

うなずいて、

「ぴっ。帰るよ」

犬はサッと竜之進から離れ、踵《きびす》を返して歩き出していた女のあとをついて行った。

宿にもどると、爺さんが菜っ葉を塩漬けにしているところだった。

竜之進はそのわきの、転がしてある樽《たる》に腰をかけ、

「いま、黒い犬を連れた女に会ったよ」

と、声をかけた。

「しゃべらんでしょう」

「そうだな」

「皆、耳が聞こえねえのかと思うが、そんなことはない。耳も聞こえるし、しゃべりもします」

「うん、そうみたいだ」

「あれは山の女です。変わった女ですよ」

「山には、ほかの人間もいるのかい？」

「どうですかね。あの女は一人で暮らしてるとかいう噂もありますけど」

「そうなのか？」

「山で獲れるものをいろいろ持って来るんですよ。いちばん多いのは雉《きじ》だけど、ほかにもキノコだの、あけびだの、それで金ではなく、米だの、ときには着物をもらったりすることもあるそうです」

「なんだか元気がねえ女ですが、ようく見ると、器量は悪くないですよ。それでちょっかい出そうとするのがたまにいるんですが、あの犬に嚙みつかれるのがオチですわ」

「ほう」

「なるほど」

と、竜之進は笑った。

「名前もあるんですよ」

「女の？」

「ええ。たしか、森乃《もりの》とかいいましたな」

「森乃？」

「向かいの宿の旦那はそう呼んでます」

「服部半蔵とは関係ないのかい？」

からかうつもりで訊いた。

「ないでしょう。半蔵さまは、この湯に入ったきりだったし、忍者が山のほうに行ったって、別に探るようなこともねえでしょうが」

「そりゃあそうだ」

竜之進は笑って、話を切り上げた。

ただ、あの女に感じたもの悲しさとか寂しさが、妙に心に残っていて、それは自分でも不思議だった。


それから三日ほどして、また女と会った。

竜之進は川の土手道で歩行の訓練をしていた。

すでに夕闇がおりてきていた。

共同湯のほうから犬を連れたあの女がやって来た。小さな荷物は、山のものと交換した米かなにかだろう。

「よう」

竜之進が声をかけると、女は立ち止まった。

女の顔が火照《ほて》ったみたいになっている。湯に入ったらしい。

宿の爺さんの話だと、川のわきにも湯が湧き出るところがあり、そこでも湯あみができるらしい。

薄い闇のなかで見る湯上がりの女はきれいだった。

足元に、ぴっがまとわりつく。引っ掻いたり、甘嚙みしたりしている。

しゃがみ込んで、ぴっを撫でた。

「あ、そうだ」

こんなこともあろうかと、袂《たもと》に煮干しを入れていたのを思い出し、取り出して与えた。

「この子がこんなに懐くのはめずらしい」

そう言って、女もしゃがみ込んだ。

「わたしは、なぜか生きものに懐かれるんだ」

「それって、なんの役にも立たないね」

「まったくだ」

竜之進がうなずくと、女は感心したように、

「お侍にはめずらしく、いい人みたい」

そう言って、竜之進を見つめた。

竜之進は照れてしまい、それには答えなかったが、

「森乃さんていうんだってな?」

と、訊いた。

「森乃?」

「あんたの名が」

そう言うと、女は面白そうに笑い、

「あたしは森乃なんだ」

「違うのか？」

「それはたぶん森の女とか言ってた噂からついたんだと思う」

「ほんとの名は？」

「おっかさんは、さよ、って呼んでた」

「さよか」

「小さな夜かな」

字も読めるらしい。話し方はなんとなくおどおどしているが、賢い女なのだ。

犬も賢いし、飼い主も賢い。

「小さな夜。きれいな名だ」

「お侍さんは？」

「望月竜之進」

「望月はあれ？」

小夜は空を指差した。

満月があった。

竜之進は黙って大きくうなずいた。

しばらく二人で、空の満月を眺めた。夕暮れの風が心地よかった。

「山では一人暮らしか？」

「……」

うなずいた。

「寂しくないのか？」

竜之進も修行のため、山に籠《こ》もったことがある。人が恋しくなるほどではなかったが、なんとなく暇を持て余した感じだったのを覚えている。一人のときは、むしろ海辺のほうが孤独を感じない気がする。

「犬がいるから」

「犬はこの犬だけ？」

「この子の親がいる。足が弱ってきたから、いつも置いて来る」

「そうなのか」

たぶん親も似ているのだろう。そして、その親も。代々の犬を、ここらの連中は一匹の犬だと思っているのだ。

犬二匹との山の暮らしはどういうものなのだろう。寂しくないかとか訊いたのは、悪かったかもしれない。

「足は折れたの？」

小夜が訊いた。

「折れてはいないと思う。だが、ひどい罅が入ったみたいでな。なかなか痛みが引かないのだ」

小夜は、そっと手を伸ばすと、竜之進の腫れて赤黒くなっている脛に触れた。

「痛い？」

「それくらいでは痛くない」

それからゆっくり骨のかたちをなぞるようにし、

「ああ」

と、言った。それだけだった。

四

数日後——。

竜之進が朝の湯から上がって、宿の部屋にもどりかけたとき、西のほうから旅人がこっちにやって来るのが見えた。街道は東のほうを通っていて、西から旅人が来るのはめずらしいのではないか。

歩いて来るようすが、なにかふつうではない。

これから決闘に出向くみたいな、殺気めいたものがある。

そのくせ緊張はしていない。勝てるとわかった決闘に出向くような感じもある。

竜之進が部屋に入ると同時に、向かいの宿から刀傷の男が出て来て、

「来たか」

と、声をかけた。

「ああ。どうだ、よし兄《にい》、傷は？」

旅人が訊いた。

「だいぶよくなった。ここの湯はさすがだ。いまから入るところだ。お前も入れ」

「そうしよう」

どうやら刀傷の男の弟らしい。

竜之進は、窓から姿が見えないように座って、二人の話に耳を傾けた。湯舟が

近いので、話はよく聞こえる。

「げん兄はまだか？」

「ああ。唐津《からつ》の女のところだ。まだかかるだろう。ゆっくり待つさ」

「そうだな」

どうやらここで二人の兄を待つつもりらしい。

「どれ、傷は？」

「ほら」

「ああ、ほとんどふさがってる。意外に浅手だったみたいだな」

「ああ。おれも斬られたときはお陀仏《だぶつ》かと思ったがな」

「おれも驚いたぜ」

「だが、げん兄は前に言ってたんだ。おれたちのうちで、最初に斬られるとしたら、よし、おめえだって」

「そうなのか」

「おれの腕がいちばん落ちるってことだろう。そんときはムッとしたけど、当たってたな。やっぱりげん兄の次は、さぶ、おめえってことだ。おれは無鉄砲だが、ちっと動きが鈍いんだな」

「なあに、一度斬られたほうが、もっと強くなるよ」

「へっへっへ。いいこと言うじゃねえか」

刀傷の男は三人兄弟の二番目で、よし兄。

末っ子の弟が、さぶ。

そして、いずれ唐津から来るのが長兄のげん兄。

腕の立つ三兄弟。

いまいる二人はどう見ても、善良な人間ではない。これで、長兄が意外にもまともな人間だったなんてことは、あるわけがない。

悪党三兄弟がここに集合するのだ。

なんとなく嫌な予感がする。こいつらと戦うことになるのではないか。

だが、竜之進の足はまだまだ完治には遠い。いくらか歩ける程度で、刀を振り回すまではほど遠い。

──いざというときは、これを武器にしなければならないかも。

と、竜之進は入口に立てかけてある松葉杖を見た。

松葉杖は、福岡の道場の物置小屋にあったものである。かなり背の高い男が使っていたらしく、長身の竜之進でもすこし削って短くしたほどだった。

しかも、目方もかなりあったのだろう。床柱にもできそうなくらい太い木で、持つとかなり重い。松葉杖として使っている分には感じなかったが、これを武器として使うなら、重過ぎるくらいである。

——どう使おう。

手に取って、これを武器にする稽古を始めることにした。いろんな場合を想定して稽古を怠らない三社流だが、松葉杖は初めてである。

樫《かし》の木でつくってあるので、叩けば木刀並みの威力はある。

これで戦うとしたら、右足が使えないので、右の松葉杖はどうしても武器にはできない。左の松葉杖を引きにする。

これをふだん使うようにして持ち、見えない剣に向けて、動かしてみた。

だが、刀より長く使えるわけではない。

しかも重い。

竜之進は、全体を小刀で削り、ずいぶん目方を減らした。

それから振ったりすると、なかなかいい感じである。

使いようによっては面白い武器になるかもしれなかった。

この日の夕方――。

竜之進に怪我をさせたちび助の父の小野田多門が見舞いに来た。

「わざわざ、どうも」

「今宵は、泊まって帰るつもりだが、宿で一献差し上げたいが」

「お伺いしましょう」

行くと、同じ宿に博多《はかた》の豪商である奈良《なら》屋のあるじがいて、同席することになった。

「博多商人というのはたいしたものでな」

小野田多門は飲みながら話し出した。

「ほう」

「関ヶ原《せきがはら》のあとで黒田家が博多に入ったわな。そのとき、皆、土下座で迎えるのだが、古くからの博多商人たちは頭を下げなかったそうだ。黒田ごとき、なにするものぞというのでな」

「いやいや、それはちと大袈裟《おおげさ》ですよ」

奈良屋は笑った。

「だが、それくらいの意地はあっただろうが」

「昔の話です」

「いまも黒田家は、博多商人にはあまり無理を言わぬのだ。なにせ、財力が下手すると黒田家すら上回るのでな」

「それも大袈裟です。たしかに、博多の町が直接、海の向こうと商いをしていたころは、ずいぶん儲かったようですが」

話を聞くうち、竜之進は、そういう富を持っていると、狙われたりもするのではないかと思い、

「押し込みも心配ですな」

「まあ、そのあたりは気をつけてますので」

奈良屋が神妙な顔でそう言うと、

「博多商人は、手代たちに武芸をやらせるのが多いのさ」

小野田多門が言った。

「ははあ、それで」

「望月どのの友人のところも流行っているというわけだ」

「なるほど」

「そういえば、南海屋《なんかい》さんの長崎店《だな》が押し込みに入られて」

と、奈良屋が言った。

「らしいな。人死にも出たというではないか」

「そうみたいです。南海屋さんも警戒はしていて、手代たちには皆、剣術を習わせ、用心棒も一人いたらしいです。それで乱闘になったのかもしれませんが」

「盗人も腕が立ったそうだな」

「そうらしいです。三人斬られ、一人は亡くなりました。ただ、南海屋さんも一人にはかなりの怪我をさせたそうです。背中からばっさりやったといいますから」

この二人の会話に、

「背中からばっさり？」

竜之進の顔色が変わった。

「どうかなされたか？」

小野田が訊いた。

「いま、湯治に来ている男で、背中に大きな切り傷がある者が」

「ほう」

「一人で来ていたのですが、昨日、兄弟らしき男が合流して」

「なんと」

「口振りでは、どうももう一人を待っているみたいでした」

竜之進がそう言うと、

「そいつらでしょう。三人兄弟の盗人だそうです」

奈良屋の顔も青ざめている。

「だが、長崎の悪事だとやりにくいのでは？」

福岡藩はどう対処すべきなのか、浪人者の竜之進にそういったことはわからない。

「いや、それほどの悪党だ。当藩でお縄にしてしまおう。これは泊まっている場合ではないな」

と、小野田は立ち上がり、

「いまから戻り、捕り方の手配をして、こっちに向かわせよう」

「ここにはお役人は？」

「代官がいるが、人手は足りまい」

小野田がそう言うと、

「あたしもいっしょに帰ります」

奈良屋も立ち上がった。

「代官所になにか報せておきましょうか?」

竜之進が訊くと、

「いや、下手に動くと察知されるやもしれぬ。望月どのはしらばくれていてくれ」

「わかりました」

「敵は二人だな?」

「いまのところは」

「であれば、十数人も寄越せば大丈夫だろう。こっちには代官もいるしな。いまからもどって町奉行に手配を頼むが、明日の昼には着くはずだ」

「お気をつけて」

と、竜之進は急遽《きゅうきょ》帰ることになった二人を見送った。

五

竜之進は勿体《もったい》ないので、一人で残った酒を飲み、料理を食べ、松葉杖をついて湯宿にもどった。着くとすぐ眠ってしまったが、夜中に目を覚まし、それから湯に入ることにした。酒を完全に抜いてから、寝なおそうと思ったのだ。

夜中の湯は、じつに心地よかった。

昼の湯というのはたとえほかに人がいなくても、どこかざわざわしている。夜中の湯は、穏やかな湯のなかに、ぽつねんと竜之進だけがいる。音も景色もない。ただ、湯と自分だけ。

湯に溶けていくような気分である。

ところが、急に耳障りな声がした。

男たちの声である。しかも、聞き覚えのある声は、刀傷のよし兄とさぶのもの。

それにもう一人混じっている。

「兄貴、早かったよな」

「まあな」

「ふられたわけじゃあるまい？」

「おれがふられるか。鬱陶《うっとう》しくて、逃げて来たのさ」

「へっへっへ」

どうやらまだ来ないはずの長兄のげん兄がやって来たらしい。

ざぶざぶと、三人が湯に浸かる音がした。そうやって立てる音までが、横柄《おうへい》に威張り散らしている。

竜之進は、ひょうたん形をした湯舟の、奥のくびれたあたりにいる。向こうからは見えないはずである。

「それより、よし、ここはいい湯だろう」

と、長兄のげん兄が言った。

「ああ。こんないい湯があったんだな」

「おれは嬉野《うれしの》より、こっちのほうが好きなくらいだ」

「ああ、おれも傷がなかったら、そんなことは思わなかったかもしれないがな」

するとふいに、げん兄が、

「誰もいねえよな？」

と、訊いた。

「いねえだろう。ときどき足を怪我した剣術使いが入っているが、もう寝てるよ」

と言いつつも、じゃぶじゃぶと音がした。

こっち側を見に来たらしい。

竜之進は首まで浸かっていたが、すうっと湯のなかにもぐった。

湯の動きで、こっちをのぞいたのはわかった。

だが、すぐに引き返して行った。

「いねえよ」

向こうで声がした。

竜之進は顔を出した。

「しばらく仕事は控えたほうがいいな」

げん兄が言った。

「なんでだい？」

さぶが訊いた。

「長崎奉行所がやっきになっている。各藩に触れを出すかもしれねえ」

「触れなんかほかの藩から出たこともあるだろうよ。どうってことはねえ」

刀傷のよし兄が言った。

「馬鹿野郎。今度は、おめえは目立つ看板を背負ってるみたいなものなんだぞ」

「そうか」

「ここにも手配書が回って来たら、すぐに誰かが役人に言いつける」

「くそぉ」

「だが、いまのところは大丈夫なはずだ」

「なんで?」

「長崎の奉行所だって、てめえのところの不手際をあんまり知られたくはねえ」

「そうか」

と、よし兄はホッとして、

「じゃあ、とりあえずしばらくは、ここで骨休みだ」

「そうしよう。ここには大坂の役のとき、伊賀者の頭領だった服部半蔵がしばらくいたことがあったんだ」

「そうなのか」

「大坂の役があったとき、九州の大名が徳川に歯向かうような動きをするかもしれねえと、伊賀の忍者を引き連れて来て、方々に潜らせたのよ。半蔵はここで命令するばかりだったらしいが」

「ああ、ほんとだったのか」

刀傷のよし兄が言った。

「なにが」

「いや、犬がいてよ。服部半蔵の犬だとかぬかすこの村のやつがいて、なにを馬鹿なこと言ってんだと思ったが、ほんとなんだ」

この話に竜之進は顔をしかめた。

しゃべったのが、あの爺さんかどうかはわからないが、よし兄も同じ話を聞いていたらしい。

「犬？」

「ああ。やたらとおれに吠えかかりやがった。斬ってやろうと思ったが、これがすばやい犬でな」

「斬れなかったのか」

「すばしっこい犬でな。あれは忍者犬だ。そういうのがいるとは聞いたことがある」

しばらく沈黙があり、

「ほんとに半蔵の犬だったら、仕返しをしてえもんだ」

と、よし兄が言った。

「おやじの敵《かたき》か」

「そうよ。佐賀《さが》忍びは半蔵のために、壊滅させられたんだから」

「そうか。だったら、旅立つときは、半蔵の犬を殺してから行くか」

なんとも呆れた話だった。

だが、こうしたことは、人の世にはあるのかもしれない。

──あいつらは、佐賀忍びとやらの末裔《まつえい》だったのか。

大坂の役の禍根《かこん》が、よみがえったのだった。

六

目覚めるのが遅れたのは、やはり疲れが溜まっていたのだろう。昨夜、酔ったうえに長湯をし過ぎてしまったかもしれない。

バタバタという激しい物音がしている。

竜之進がぼんやりした頭で窓を開けると、

「神妙にしろ!」

という声がした。

だが、そう言った黒田藩の捕り方の武士が、竹槍みたいな武器で胸を刺されて後ろにひっくり返った。

――しまった。

福岡の奉行所の捕り方たちは、竜之進が予想したよりも早く来ていたのだ。

相応の準備をし、人数も揃えてやって来れば、昼過ぎになるだろうと予想していた。それまでに竜之進は外に出て、捕り方が宿を囲む前に相手が三人になっていることや、佐賀忍びの末裔だから、思いがけない武器などもあるかもしれないと、伝えるつもりだったのだ。

それができなかった。

しかも、捕り方たちはさほど警戒心もなく、突入したらしい。

ところが三人は、捕り方たちの接近に気づいて、戦う準備を整えていたのだ。

「頭《かしら》！」

「下げろ。傷の手当を！」

どうやら、いまやられたのが、捕り方の長《おさ》だったらしい。

皆、たちまち動揺したのは、ここからでも見て取れた。

いっきに包囲が乱れた。腰が引け、逃げようとする者も出た。

「てめえら、逆に皆殺しだ！」

「かかってこいや！」

叫びながら三人が飛び出してきた。

長兄のげん兄が、すでに倒した男が持っていた槍を掴《つか》むと、もはや敵無しとなった。一人突き、二人突くと、あとは背を向けて逃げ出した中間二人を背中から突いた。

これで五人倒された。

刀傷のよし兄も、動きは敏捷《びんしょう》そのものだった。怪我の名残《なごり》などまったく感じさせなかった。完全に優位に立ったことがわかると、嬉しげに、まるで踊るようにしながら捕り方を斬った。自分の傷の仕返しのように、背中をばっさり斬った者もいた。

よし兄は三人を斬った。

もっとも目まぐるしい動きをしていたのが、さぶだった。

両手に刀を持ち、地を這うような姿勢から、相手の足を斬り、倒れたところを突いた。そうやって、残りの捕り方ぜんぶ——おそらく六人ほどを倒してしまった。

捕り方は、十四人だったらしい。これがたちまち全滅してしまった。

竜之進が松葉杖で駆けつけても間に合いそうもなかったし、いまの状態ではさすがに三人と戦うことは難しかった。

三人は倒れている捕り方を満足げに眺め回し、

「ここは引き上げるか」

「くそッ。もうちっとゆっくりしたかったのによ」

「まあ、しょうがねえ。ひさしぶりに道後《どうご》の湯にでも行くか」

などと言い合った。

――ここは身を潜めていて、道後の湯に向かったことを伝えるしかないか。

そう思ったときである。

なんと、向こうから小夜と犬のぴっがやって来るではないか。

「お、ちょうどいい。服部半蔵の犬が来たぞ」

よし兄が舌舐めずりするように言った。

――まずい。

竜之進は、とても身を潜めてなどいられなかった。

急いで長刀だけを腰に差し、松葉杖をついて、外に出た。

三人の男たちを警戒しながら、湯の反対側へ回り込み、

「小夜さん！　こっちに来てはいかん！」

と、叫んだ。

小夜が足を止めた。ぴっが身を低くして、唸《うな》り出したのもわかった。

「どうしたのですか？」

小夜が訊いた。

「こいつらはとんでもない悪党たちだ。いま、城下から来た捕り方を皆殺しにして、次は半蔵の犬を殺すと息巻いている。佐賀忍びの末裔だそうで、四十年経ったいまでも、犬にまで怒りを向ける頭の足りない連中だ！」

竜之進はわざとゆっくり話した。

こっちに注意を向けるためである。

小夜と犬には、そのあいだに逃げることを願った。

ところが、小夜は逃げないでいる。

「なんだ、おめえ、その足でおれたちと戦うつもりか」

「お前らごときき、片足あれば充分だろうが」

「なんだと」

「一人ずつ片付けてやる。さて、誰からだ？」

さすがに三人いっぺんに相手にする気はない。うまいことを言って、一人ずつかかって来させるつもりだった。

視界の隅に、小夜がいる。小夜は、三人が皆、竜之進のほうを見ている隙に、不思議なことをしていた。

そっちに注意を向けさせないため、小夜に目を向けることはしなかったが、どうも小石をいくつも拾って、袂に入れているらしい。さらに、道端のススキを折り、鞭《むち》のように振るのもわかった。

「じゃあ、おれが一太刀で片付けてやるか」

よし兄が湯舟の縁を回って、こっちに来ようとした。

ところがそのとき、

「おい、あんたたち。あたしが相手になってやるよ」

と、小夜が驚いたことを言った。

いままでの小夜とはまるで違っていた。山のなかで野ウサギやリスのようにつましく暮らす女の言葉ではなかった。

「なんだと」

「この犬だって、あんたたちみたいな抜け作どもに斬られたりはしないさ」

「面白いこと、ぬかすじゃねえか」

刀傷のよし兄が、無造作に突っかかって行った。

わんわんわんっ。

と、ぴっが激しく吠えた。

あいだが三間（約五・四メートル）ほどに縮まったとき、小夜が右に走ると同時に、右手が左の袂に入り、外側へ振り出された。同時に梅の実くらいの大きさの石が宙を走り、よし兄の顔を打った。

「うわっ」

顔に命中した。

「あの女、心得があるぞ」

長兄のげん兄が驚いて言った。

竜之進もそう思った。

じっさい、小夜は背を向けたよし兄に突進すると、ススキの鞭でよし兄の耳を強く連打した。

「ああっ」

顔面と耳に、耐えられないほどの痛みが加えられたのだ。

よし兄は頭を抱えてうずくまった。

その隙に小夜は、よし兄の刀を奪おうとした。

「女！　てめえ！」

さぶが突進しようとしたので、

「さぶ、さぶ。お前はわたしが相手だ。片手片足のわたしが相手だ。怖いのか！」

竜之進は挑発した。

「なにぃ」

さぶはこっちを見た。

「ほらほらほら。わたしが相手になると言ってるだろう」

竜之進は、左の松葉杖を持ち上げ、刀のように振ってみせた。

「てめえ。ろくに歩くこともできねえくせに」

さぶは、短めの刀を振り回しながら突進して来た。

竜之進は、すばやく左の松葉杖を逆に持ち替えた。脇に当てるほうを先にしたのだ。

突っかかってきたさぶの刀をこの松葉杖で受けた。

「あ」

腕が松葉杖の三角のかたちをしたところに嵌《は》まった。

同時にそれをひねるようにしながら引いて、つんのめったさぶの顔を、右の松葉杖で激しく突いた。

それは右目のあたりを突き、

「ぐあっ」

さぶは悲鳴を上げながらひっくり返った。

そこへもう一撃、首を強く打った。

小夜を見た。

小夜は刀を構え、長兄のげん兄と対峙していた。

「よせ、よせ。わたしが相手だ」

そう言いながら、竜之進はふたたび松葉杖をつきながら前進した。

だが、げん兄は小夜と対峙しつづけていた。竜之進のほうは後回しで大丈夫だと判断したらしい。

その長男に向けて、次の小石が飛んだ。

だが、長男はそれを軽く首を曲げてかわした。

「もう油断はしねえぞ」
そう言って、げん兄は刀を抜いた。
ガルルル。
ぴっが唸った。いまにも飛びかかる姿勢である。
「駄目、ぴっ」
ぴっが軽く後ろに跳んだ。
げん兄が刀を真横に向けて構えた。
犬と小夜の動きを見て取っている。
——まずい。
竜之進は咄嗟《とっさ》に右の松葉杖を回転させるようにして、げん兄の足に投げつけた。
げん兄はちらりとこっちを見ると、松葉杖を跳んでかわした。
だが、その隙に小夜とぴっが、げん兄に突進した。
小夜は、げん兄の右側を走り、ぴっが左側を吠えながら走った。
駆け抜けながら、小夜はげん兄の腕を斬った。
しかし、浅手だった。
「女」

げん兄が小夜に襲いかかろうとした。

だが、竜之進は片足でけんけんをするように弾みをつけ、大きく跳ぶと同時に、もう一つの松葉杖を突き出した。杖の先が胸を打ち、げん兄はそっくり返った。

その足にぴっが後ろから飛びつき、ふくらはぎに噛みついた。

「うっ」

げん兄が刀を後ろに振ろうとしたとき、竜之進はもう一度、松葉杖を振り下ろした。

それはあやまたず、げん兄の腕をつぶし、その隙にぴっはいったん遠ざかった。

「くそ犬めがっ」

小夜が宙を跳び、刀の峰でげん兄の喉を叩いた。

竜之進も目を瞠《みは》るほどの、小夜の動きだった。

「くノ一か」

竜之進はつぶやいた。

七

三兄弟はぐったり座り込んでいる。致命傷はないが、三人とも傷や骨折で、もはや暴れることもできない。

──こいつらを城下まで連れて行くのは無理だ。

そう思ったとき、西のほうから、槍などを持った五人の男たちがやって来るのが見えた。どうやら、湯宿の誰かが報せたらしい。だが、惨状もいっしょに伝えたのだろう。五人はいずれも恐る恐るといったようすである。

「もう大丈夫だ。下手人はここで動けなくなっている。早く縛り上げてくれ」

竜之進が声をかけると、五人は安心したようにこっちへやって来た。

それを見て、小夜は、

「じゃあ、あたしらは山に」

と、言った。

「そうか」

「助かりました」

「それはこっちの言うことだ」

「足の怪我がなかったら、三人はあっという間に望月さんにやられたんでしょうね」

「そんなことはない。小夜さんの動きもたいしたもんだった」

「見てましたか？」

小夜は恥ずかしげに訊いた。また、あの、内気そうな顔にもどっていた。

「ああ。とくに、つぶては見事だった」

「鳥を落としたりしてるから」

「しかも、動きながらだった。あれは武術だ。かなりの訓練を積まないと、できることではない」

たぶん手裏剣もやれるはずだった。

「おっかさんに鍛えられたの」

「おっかさんに」

「おっかさんは、そのまたおっかさんに」

「婆さんはなにしてた？」

「薩摩《さつま》に行き、そこで足を斬られて帰って来たって。もう江戸には帰れないから、ここの山で暮らすことになったって」

やはり、くノ一の血だった。

「犬は？」

「そのときもいたって」

「ぴっの祖先か」

「そう」

「それで、代々、犬を育ててきたわけだ」

「そう」

「婆さんからあんたまで、忍者の技は伝わった」

「でも、おっかさんからは、あんたは筋が悪いって言われた」

「とんでもない。一流の忍者だ」

竜之進がそう言うと、小夜はすごく嬉しそうな顔をした。こんな顔をするのかと驚いたほど、嬉しげだった。

「あ、そうそう」

小夜は袂から小さな麻袋を出した。

「足の薬。傷に効くっておっかさんから教えられた」

「ほう」

「煎じて飲んでみてください」

「すまんな」

毎日、湯に足を浸け、揉みほぐすようにしてきたが、飲み薬というのは考えもしなかった。

「ううん」

一瞬、見つめ合った。

竜之進の胸のうちに、

──おれもいっしょに行って、山の民にでもなろうか。

という気持ちが浮かんだのには、自分でも驚いたほどだった。


小夜からもらった薬は、じつによく効いた。

三日で痛みが去り、どうにか歩けるようになった。

礼を言いたかったが、小夜はなかなかやって来ない。

東の山を眺めても、どの頂《いただき》の山にいるのかはわからない。

歩けるようになってからも五日待った。

結局、竜之進は小夜にも、ぴっにも会えないまま、次田の湯を去ることになった。

以来、会えないまま、望月竜之進は今日も旅の空の下にいる。

第四話　宇喜多秀家《うきたひでいえ》の鯛《たい》

一

望月竜之進は、伊豆《いず》の下田《しもだ》に来ていた。

このあたりに奇妙な剣術の流儀があると聞いたからである。

だが、いざ、来てみると、誰もそんな話は知らない。一人だけ、猪と間違えそうなほど立派な首をした農夫が、

「たいしゃ流だか、たいちゃ流だか、そんなのはあったが、おそらく、はるか戦国のころの話ではないか」

と言うのを聞いただけだった。

タイ捨《しゃ》流なら知っている。新陰流から派生した剣法で、九州あたりではいまも

盛んにおこなわれている。袈裟《けさ》斬りを基本にするが、戦うときの地形を考慮したり、稽古では実戦を想定するなど、竜之進の三社流にも通じるところがある。タイ捨流と知っていたら、わざわざ足を運びはしなかった。だが、

——まあ、いいか。

と、思った。

なにせ下田は風光明媚《ふうこうめいび》なところである。温暖で、いまはまだ二月になったばかりだが、江戸よりもずいぶん早く春が来ている。しかも、近くに湯が湧いているところがあり、湯宿はないし、ろくに整備もされていないが、逆に誰でも遠慮なく入ることができる。

竜之進は海辺に掘っ建て小屋をつくり、魚や貝、木の実などを食いながら、しばらく波を相手に、剣を振って過ごすことにした。

これが意外にいい稽古になるのだ。波のしぶきを見極めることができれば、じっさいの剣先を見切るのも楽なものである。

また、こうして刀を振っていると、自分は人と戦うための剣ではなく、天災と戦うための剣を磨きたいのではないかと思えてくる。

たとえば、嵐と戦う剣。あるいは、津波と戦う剣。

それがどんな剣なのか、いまのところ想像もできないが、しかし見えないものに向かうというのも、大事な修行だろう。

それは三社流の特徴にもなるし、売り文句にもできるかもしれない。

三社流は天変地異と戦う剣。

うさん臭いだろうか。

朝からへとへとになるまで剣を振ったあとは一休みし、それから食料を確保するため釣りを始める。

あまり大きな獲物は狙わない。大きな魚を上げようとすると、糸を切られる恐れがある。糸や針は貴重品で、大事にしなければならない。

大物は釣るより、竹槍で突く。これも武術の鍛錬になる。

ここらは釣り人は少ない。

岩場がつづき、足元がよくないからだろう。

ただ、少し離れた左手の岩場で、男が一人、釣りをしているのはわかっていた。

漁師ではない。武士であれば、身なりがひどいので、浪人だろう。もっとも竜之進も、身なりでは他人のことは言えない。ネズミが着るような襤褸《ぼろ》をまとっている。

男が立ち上がったのがわかった。

釣り竿がまっすぐ上に向けられた。

まもなく、男は大きな鯛を釣り上げた。桜色でも、黒くもない。灰色にかすかに紅がにじんでいる。

「ほう」

目を瞠った。凄い鯛である。

竜之進は、このところ毎日、釣り糸を垂らしているが、あんな見事な鯛は釣ったことがない。

男は釣り上げた鯛を暴れないよう、刀の鞘《さや》で殴りつけた。それから、

「よし、やった」

という声がした。釣り上げたときでなく、いまごろ喜びの声を上げるというのも変である。

見ると、なにかを袂に入れたようだった。

まもなく、男はその鯛を持ったまま、竜之進のほうに近づいて来て、

「おい、やるよ」

ぽんと抛《ほう》って寄こした。

「え、よいのか？」

竜之進は驚いて訊いた。

手にすると、三尺（約九〇センチ）以上はある。腐らせさえしなければ、これ一匹で三、四日ほどたらふく食えそうである。

「ああ、鯛は食い飽きた」

男は山のほうに消えた。

野武士みたいな男だった。戦のときの足軽《あしがる》というのは、あんな感じなのではないか。首の三つや四つは腰にぶら下げても似合いそうである。

せっかく釣り上げたこんな大物を人にくれてしまうなんて、よほどの人格者なのか。もしかしたら、竜之進があまりにも釣りが下手なので、同情されたのか。

あの男も、この数日、ここらに来ていた気がする。

だが、釣りが目的ではなかったのかもしれない。

竜之進は、二畳敷き程度の小さな小屋を、浜辺の波が届かないあたりにつくっていた。森で集めた竹や木を組み合わせ、草や枝で屋根を葺《ふ》いただけである。秋の強風が来れば、かんたんに飛ばされてしまうだろうが、いまはさほど強い風はない。

石を集めて、小さな竈《かまど》もつくった。これで平たい石を焼き、その上で魚を焼く。もらった鯛は、半分は刺身で食い、残りは焼いて、わかめをからめて食べた。

鯛はじつにうまい魚である。竜之進は、大きな魚だとマグロを食ったことがある。カツオもある。どちらもうまい魚ではあるが、鯛には敵《かな》わない。しこしこした歯応えといい、噛むほどに感じる甘味といい、海の力をもらえる気がしてくる。

「ふぅ、食った、食った」

横になった。もう腹いっぱいである。

ただ、魚ばかり食べていると、米の飯が食いたくなる。が、米を買う銭はもったいないし、鍋や釜もない。

——団子をつくろうか。

山に行けば、どんぐりがいっぱい落ちている。秋に落ちたやつでも腐っていないのもあるだろう。あれを拾って粉にし、水でアクを抜けば、団子がつくれるのだ。

湧き水はこの近くにある。器がないが、向こうの山際に寺があるので、あそこなら貸してくれそうである。

手間はかかるが、やはり、たまには米や団子を食わないと、力がつかない気がする。

そんなことを思ううち、眠りに落ちたが――。

月の位置からして、二刻《ふたとき》（四時間）ほど経ったか、人の声で目を覚ました。

浜に小舟が着いたところだった。

「そっちの砂の上にあげよう」

「よし、押してくれ」

「わしも手伝うぞ」

四人の男たちが上陸して来て、綱を岩のでっぱりに巻きつけた。いまは上げ潮どきで、引き潮のとき舟を出すとなったら、たいそう苦労するだろう。

こんなところに舟をつけるのは、漁師ではない。

「ここはどこのあたりかな」

「伊豆だよ。たぶん、下田あたりさ」

当たっている。大島《おおしま》からでも来たのかもしれない。

竜之進は、大島にも渡ったことがある。火を噴く山が真ん中にある大きな島で、あんなところにもけっこう人が住んでいて、驚いたものだった。

「お疲れでしょう?」

「いや、大丈夫だ」

四人のうちの一人だけは年寄りである。

それにしても、なにかいわくありげで、竜之進はつい話に耳を傾けてしまう。

「うきまさま」

「なんじゃ」

「そだは、本当に場所を知りませぬか?」

「知らぬはずだ」

「あの男が赦免《しゃめん》されなければ、こんなに慌てて出て来なくてもよかったのにな」

「まったくだ」

訛《なま》りのせいか、言葉が聞き取りにくいところがある。

「とりあえず、今夜は大地の上でゆっくり寝よう。明日からじゃ」

年寄りが言った。

「わかりました」

男たちは、砂地で寝るのは嫌らしく、高台のほうに消えて行った。

二

翌日――。

竜之進は湊《みなと》のほうに行ってみた。

湊には幕府の船が入っていた。四、五日前にこの湊に着いたのは知っていた。流人船《るにんせん》らしい。大きな船で、何本か木を束ねたらしい立派な帆柱《ほばしら》が立っている。これで帆を張ったら、さぞかし見ごたえがあるだろう。

昨日の見知らぬ男たちのことで、竜之進はこの船が気になり出した。

そこで、近くに行ってみた。

どうも天候待ちではなく、連絡待《つなぎま》ちらしい。下田に幕府の役所はなく、ここらは韮山《にらやま》の代官所が支配しているはずである。韮山はここからだいぶ北の内陸部にある。山をいくつも越えて行かなければならないので、使いの往復にもだいぶ時間がかかるだろう。

役人らしい連中も船を出たり入ったりしているが、あの連中はなにを訊いたって答えてくれるわけがない。

竜之進は武士がいないときを見計らって、船乗りのほうに話しかけた。

「どこから来たんだね？」

「八丈島《はちじょうじま》だよ」

船乗りは、ここまで陽に焼けるのかと思うほど黒い顔をしていて、目だけがやけに白い。目つきは穏やかである。

「へえ。大島の先だろ？」

「ずぅーっと先だよ」

「どれくらいかかるんだ？」

「そりゃあ天気にもよるが、うまく風に乗れば、半月ほどでこっちに来られる。行きのほうが難しい。なんせ、目的が島なんでな。おらが乗ったのでは、ひと月半かかったことがあるな」

「あんたたちは、たいしたもんだな。船を操って、大海原を渡って来るんだから」

「そりゃあ、まあな」

船乗りは自慢げな顔になり、煙草でもねだりたそうにした。だが、竜之進の風《ふう》体《てい》を見て、ねだるのは無理だと踏んだらしい。

「わたしも侍はやめて、船乗りになろうかな」

「ま、身体を見る分には、やっていけそうだがな」

船乗りは退屈していたらしく、うまく話に乗ってくれた。

「これ、流人船だろ?」

竜之進は、なにげなさそうに訊いた。

「ああ、そうさ」

「いるのかい、悪党どもが?」

「いねえよ」

と、船乗りは笑った。

「これから運ぶんじゃないんだな?」

「これから江戸に行って、乗せて来るのさ。今回は赦免されたのが一人出て、ここで下ろしたんだよ」

「そうなのか。恩赦でも出たのかな?」

「どうかな。ふた月ほど前、宇喜多さまが亡くなったのと関わりはあるのかな」

「宇喜多さま?」

「中納言《ちゅうなごん》だった宇喜多秀家さまだよ」

「まだ、生きていたのか?」

「八十四だったらしいな」

昨夜の老人もそれくらいだった気がする。

宇喜多秀家は、太閤秀吉の天下のとき、五大老《たいろう》の一人として権勢を誇った人物である。関ヶ原《せきがはら》の合戦では、西軍について、徳川家康の怒りを買った。それで、遥か八丈島へと島流しにされたのである。

後に大坂で豊臣秀頼《ひでより》が最後の抵抗をしたとき、宇喜多秀家は八丈島から駆けつけようとしたとか、なんらかの影響力を及ぼしたとか、そういう噂があったらしい。また、大坂城が落ちるときに脱出した武将が、秀家を頼ったという話も聞いたことがある。

昨夜、「うきまさま」と聞こえたのは、宇喜多さまだったのではないか。秀家の血統の者でもあるのか。あれだけの武将なら、一人だけで島流しにされるということはないのかもしれない。

だが、宇喜多秀家が亡くなったからといって、罪人が恩赦になるだろうか。

その赦免は、たぶん関係はないだろう。

もしかしたら、あの鯛をくれた男が……。

三

「助けて！」

浜辺を女が逃げていた。

遠目からも若い女だとわかる。それを五人の男が追いかけている。

手籠《てご》めにでもするつもりなのか。

竜之進が駆けつけた。

女が捕まったとき、竜之進も追いついた。

「よせ！」

「邪魔するな」

男たちは刀を抜いた。

ためらいなく斬りかかってきた。

竜之進もすばやく刀を抜き、最初に斬りかかってきた男の剣先を払うと、腕を突いた。

「うわっ」

男は後ろに跳び、痛みをこらえるように、突かれて血が出ているところを押さえた。もう、存分には動けないはずである。

「こやつ、できるぞ」

男たちは、遠巻きにぐるりと取り囲むようにした。

ざっと見回すと、遣えそうなのは一人が目につくくらいである。

そこへ――。

「おゆう！」

名を呼びながら駆けて来る男がいた。

昨日、竜之進に鯛をくれた男だった。

「曾田《そだ》だ」

と、こちらの男が言った。

昨日、舟で来た男たちが口にしたのも「そだ」だった。やはり、八丈島で赦免になったというのは、この男だった。そして、この女とも知り合いだったらしい。

「佐賀井《さがい》。やはり、うじゃうじゃ連れて来たか！」

曾田はそう言った。一町ほどのところまで来ている。

「助太刀いたす」

と、竜之進も言った。

「糞《くそ》っ、ここは引き上げるぞ」

五人の男たちは、竜之進の腕を警戒したらしく、憎々し気に見て、山のほうへ逃げて行った。

曾田がそばまで来た。

「曾田さま」

「おゆう」

「このお方に助けていただきました」

「かたじけない」

曾田が頭を下げた。

「なあに、鯛のお礼ができた」

と、竜之進は言った。

「ご赦免、おめでとうございます」

おゆうが曾田に言った。

「うむ。そなた、どうしていた？」

「……」

「まだ代官所にいるのか？」

「はい」

おゆうはうなずいて、うつむいた。言いにくいことがあるらしい。

「わしは、五年いなくなっていた」

「はい」

「女の五年は、男の五年と違うからな」

そう言って、曾田はおゆうを厳しい目で見た。

竜之進は少しためらったが、

「八丈島から赦免されたのは、あんただったのか」

と、言った。

「なぜ、それを？」

「ここらじゃ噂になっているよ」

大げさである。が、あの流人船の船乗りたちから、すでに洩れているはずである。まもなく噂にもなるだろう。

「だが、もどりを喜ばない連中もいるというわけか」

「うむ」

「なるほど。陥れられたってわけか」

「なぜ、わかる？」

「それくらいは、なりゆきから想像がつくさ」

「わたしは下田の韮山代官所の陣屋《じんや》に勤めていたが、その同僚だった佐賀井金吾《きんご》に陥れられ、八丈島に島流しになった」

「佐賀井は、鋭い目をした左利きの男か？」

「そうだ。よくわかったな」

「まともに剣を遣えるのは、あいつくらいだった」

「そうか」

「よく赦免されたな」

一度、島流しになると、なかなかもどって来られないとは、聞いたことがある。

「親類の者が冤罪《えんざい》だと訴えつづけてくれたおかげだ」

「だが、まだ、ここにいるということは……」

それも想像のうちである。

「のこのこ韮山の代官所に行っても、待ち伏せされ、殺されるのが関の山。ならば、こっちがおびき寄せて、復讐《ふくしゅう》してやろうと」

「なにか罠《わな》を仕掛けたのか？」

「まあな」

竜之進はにやりと笑って、

「宇喜多秀家の秘宝」

と、言った。

「なぜ、それを？」

曾田は目を丸くした。

「宇喜多秀家が近ごろ亡くなったことは聞いた」

「そうか」

「それに、そういう噂は以前からあった。再び、旗揚げする日に備えて、軍資金を隠しているのではないかと」

「噂がな」

「本当だったらしい？」

「それはわからぬ。だが、晩年の宇喜多さまは、釣りばかりしていた。それも、大きな鯛しか釣らなかった」

「なんで、鯛？」

「鯛に薄い板をくくりつけ、また放してしまうらしい」

「食わないのか」

「どうも、その鯛が誰かに釣られるのを期待していたというのさ」

「ははあ。宝のありかを書き、それを鯛に託したわけだ？」

「宇喜多さまは、だいぶ歳がいっていたからな」

「惚《ぼ》けていたと？」

「鯛に望みを託すなんて、いかにも惚けた老人のしそうなことだろう」

「たしかに」

「その話が本当かどうかはわからない。だが、その話を、韮山の代官所に伝わるように仕掛けた。それにつられて出て来るようにな。やつらがここに来ていたということは、伝わったみたいだ。な、おゆう」

曾田はそう言って、おゆうを見た。

「はい。伝わっています」

おゆうはうなずいた。

曾田は、宇喜多の秘宝を、復讐のために代官所の連中を引っ張り出す餌にしたのだ。

「昨日、曾田どのはあそこで鯛を釣り上げた。そのとき、札をつけた鯛を見つけた。話は本当だったんだろう」

「それは、宝を見てみないとわからぬ」

「すでに、幕府が見つけてしまったかもしれないしな」

「うん、まあな」

曾田の返事からすると、幕府が見つけたという話はないらしい。

「なんて書いてあった？」

と、竜之進は訊いた。

「それは教えられぬ」

曾田は笑った。人柄の狡《ずる》さが窺える笑いだった。

韮山の代官所内の争い。それは、どちらに義があったのかは、まだわからない。

わからないまま、竜之進は関わってしまった。

「曾田さま。これから、どうなさるのです？」

と、おゆうが訊いた。

「あいつらを待ち伏せする。五人とわかれば、こっちのものだ」

「助太刀は？」

竜之進は訊いた。

「要らぬ」

曾田は、もう関わるなというように、手を払った。

四

それから四、五日して——。

竜之進は、釣りをしている。

いつもは来ない岩場の突端に来ている。

鯛を狙っている。宇喜多秀家の鯛を釣りたい。

だが、なかなか釣れない。秀家の鯛どころか、小さな鯛一匹すら釣れない。

苛々《いらいら》しかけたころ——。

女たちのはしゃぐ声がした。

裸の女たちが四人、こっちに来るところだった。

女たちは海にもぐるつもりらしい。それぞれ手に、小ぶりの銛《もり》と、桶を持っている。いわゆる海女《あま》と呼ばれる女たちだろう。

海を泳ぎながら、一人がこっちに近づいて来た。

——まずいな。

竜之進は、場所を移すかと思った。でないと、女の素裸を眺めることになってしまう。向こうもここに男がいるとは思っていないのだろう。

女はいったん深く潜り、それから勢いよく海面に出た。

「釣れる、お侍さん？」

女が海のなかから竜之進に訊いた。

「いや、釣れぬ」

「なに狙ってるの？」

「鯛だ」

「ああ、鯛ね」

「難しいのか？」

「それは難しいよ」

女はそう言って、海から出た。

腰に小さな布を巻いただけで、素裸だった。だが、まだ子どもだった。背丈はあるが、胸も薄く、裸を恥ずかしがるようすもなかった。

竜之進も、いたいけな少女に欲望をたぎらすような、弱々しく、だらしない男ではない。

「鯛も突いたりするのか?」

安心して声をかけた。

「するよ。でも、鯛は難しい」

「そうか」

「釣ったほうがいいよ」

「釣るのも難しいのだ」

「餌は、なに使ってる?」

「みみずでは駄目か?」

「エビがいいよ。小エビ」

「なるほど」

「糸は?」

「ああ。でかいのがかかったら切られそうだよ」

「だったら、いいものあげるよ」

と、少女は桶のなかから、天蚕糸《てぐす》を取り出した。

「どうしたんだ？」

「さっき突いた魚についてたんだよ。切られたんだろうね」

「いいのか？」

「うん。おらは、釣りなんかしないし」

「では、ありがたくもらっておく」

「じゃあね」

少女はまた、海にもぐって行った。

竜之進はつぶやいた。

「あと五年したら、お前はいい女になれるぞ」


小エビを捕まえ、糸を換え、竜之進はふたたび釣りを始めた。

糸の長さは充分で、さっきより深いところまで届いているかもしれない。

今日は波があまり立っておらず、海のなかまで見透かすことができる。

鯛が泳ぐのが見えた。力強い、見事な泳ぎだった。ヒレだけでなく、身体全体をくねらせて泳ぐのだ。

あの泳ぎ方だったら、速いし、しかも釣ったときの暴れぶりまで想像できた。

だが、なかなかかからない。

一刻、いや二刻近く経ったか。

波が大きくうねり出していた。

海女たちも浜へ引き返して行くのが見えた。

腹も減って来て、今日はもうやめるかと思ったときだった。

——ん？

ぐいっと、引かれた。

凄い力だった。竿が大きくしなった。沖に逃げる気かと思ったら、ふいに横へ走った。

「うおっ」

思わず声が出る。

これが魚の力かと驚くほどである。

そこからは、左右に揺さぶられ、もぐられ、跳ね上がられ、糸が切れないことを願いつづけた。

鯛も、たいした相手ではないと油断してくれたのかもしれない。一瞬、ひと休みの気配があったとき、さっと引き、海面近くに姿を見せたとき、手元に置いていた竹の槍で突いた。

巨大な鯛が、竹に腹を突かれたまま、吠えるように暴れた。

灰色のなかに、夕陽のように赤い斑点がある。この前もらったやつは、三尺を超すほどだったが、これはさらに上回る。まさに魚の王という貫禄だった。

——あ。

岩の上に横たえると、背びれの横に木札がついていた。竜之進は呆れた。こいつは、こんなものをつけたまま、あれだけの闘争をしたのだ。もし、木札がなかったら、いまごろは遥か彼方《かなた》を泳いでいただろう。

薄い板を焦がして、文字が記されていた。

天狗《てんぐ》を見ながらきのこを追えば
滝の真上は光り輝く

なにやら判《はん》じ物《もの》のようである。

だが、これを解けば、秘宝と対面できるのだろう。

五

竜之進は、曾田を捜して、島に入った。

曾田としては、まずは代官所の敵を討つことを考えている。宝探しはそれからなのだ。

そのとき、竜之進が見つけた木札の文句と合わせ、宝を探し出す。竜之進は、もちろん分け前をもらうつもりである。

竜之進は、金が欲しいわけではない。楽をしたいとも思わない。

だが、ある程度の金があれば、金を稼ぐために使わなければならない時間を、剣の稽古に使えるはずである。

それは、欲の薄い竜之進にも魅力だった。

下田は大きく二つの湾に分かれている。

そのあいだに岬のような島があり、そこには干潮になれば歩いて渡ることができる。曾田はおそらく、そこにねぐらをつくっている。そして、佐賀井たちも、そこにおびき寄せるつもりなのだ。

ただ、曾田を捜すときは気をつけなければならない。曾田はおそらく、敵を迎え撃つため、さまざまな罠を用意している。

落とし穴もあれば、綱を引くと槍や矢が飛び出してくる仕掛けなどもあるだろう。

それを防ぐため、竜之進は竹で槍をつくり、これで数歩先になにもないことを確かめながら、ゆっくり進んだ。

途中、罠が壊されていたりするところがあった。

落とし穴は蓋《ふた》が落ち、なかに竹槍が仕掛けられているのは見えたが、落ちている者はいなかった。

やつらはすでに来ているのだ。しかも、罠にかかった者もいない。

島の頂上あたりまで行くと、

「ほら、白状しろ」

という声が聞こえてきた。

白状しろと言われているのは、宇喜多秀家の秘宝のことだろう。

竜之進は身を低くして、頂上のあたりに迫った。

曾田は、佐賀井に刃を突き付けられていた。

敵は五人いる。誰一人倒せなかったらしい。おゆうは少し離れたところに、ぼんやり腰をかけている。曾田を心配しているようすではない。

「そこまでにしておけ」

と、竜之進は姿を見せた。

「あ、あの野郎だ」

「きさま、やはり曾田の仲間か？」

と、佐賀井たちは喚《わめ》いた。

「いや、そうではないが」

狙いは宝だが、しかし、悪党がのさばるのも見たくはない。

曾田はまだ死んではいない。が、相当に痛めつけられたらしい。顔は腫れ、剝《む》き出しの腕や足には血がにじんでいた。

怯えた目で竜之進を見ている。

「助けてもらいたいよな？」

と、声をかけると、かすかにうなずくのがわかった。

たぶん、この男たちの戦いには、正義も悪もない。欲同士がぶつかっただけの戦いなのだ。だから、竜之進としても、無理して助けようとまでは思わない。

とはいえ、ここは曾田を助けないと、宝を手に入れられる確率は、大きく低下してしまうだろう。

刀を抜き、竜之進がいっきに斬り込もうとすると、

「待て！」

と、佐賀井がおゆうに刀を突きつけた。

「む」

こうなると、迂闊《うかつ》に動けない。

「去れ」

と、佐賀井は顎をしゃくるようにした。

これではやはり、どうしようもない。

竜之進はどうしたらいいか、考えた。それから、

「宇喜多秀家の秘宝を狙っているんだろ？」

と、言った。

「なんで、貴様が知っているのだ？」

佐賀井が訊いた。

「鯛を釣り上げたら、木札がついていたのだ」

と、竜之進はそれを見せた。

曾田が目を瞠った。

「嘘をつけ」

「じゃあ、わたしは先に行くぞ」

竜之進はそう言って、踵《きびす》を返した。

曾田には激しい拷問が加えられるだろう。だが、あとは曾田の機転次第である。

「そこは開けるのに秘密がある」だの、「危険な仕掛けがある」だのと言って、そこまで無事に辿《たど》り着くようにすることだ。

そのときまでに、竜之進が謎を解き、着いていれば、曾田にも助かる希望が生まれるというわけである。

六

浜辺の掘っ建て小屋に引き返し、さんざん考えた。

団子をつくる余裕はなかったが、秋に落ちてまだイガのなかにあった栗を五つほど拾ったので、これを焼いて食べた。

栗が腹に入ったのがよかったのか、

──そういえば……。

三島《みしま》のほうから下田の町へ入って来るとき、天狗の鼻のかたちをした岩があるのを思い出した。

下田からだと西に向かう深い山のなかである。

あれはたぶん、昔から天狗岩と呼ばれているのではないか。

──天狗を見ながら、きのこを追う?

きのことはなにか。

本物のきのこか。きのこ狩りの季節ではないだろう。

とりあえず向かうことにした。日暮れまではまだ間がある。

山道を行くと、

──あれか。

きのこのかたちをした岩が見えた。天狗岩が見えなくならないように、きのこ岩を目指すと、谷の底で、人の声が聞こえてきた。

そこには、代官所の悪党たちと、別の男たちがいた。

小舟でやって来た四人の男たちだった。

「よくわかったね」

後ろで声がした。

おゆうがいた。

「あんたか」

唾を吐くような調子で、竜之進は言った。

「ずいぶんな言いようだね」

「曾田は？」

「殺されたよ」

機転を利かせることはできなかったらしい。

「あいつの罠が佐賀井たちに通じなかったのは、お前のせいだろう」

と、竜之進は言った。

「おや、どうしてわかったの？」

「曾田が捕まっているのを見たとき、おまえが仕掛けのことを洩らしたなと、すぐに思ったよ。だが、どうやって報せた？　曾田といっしょにいたんだろうが」

「そんなのはかんたんだよ。仕掛けの近くに、紅をなすりつけておいたのさ。あらかじめ、そうするよう、言われていたのでね」

「なるほど。仕掛けをほどこすのは見え見えだったもんな」

「そういうことだね」

「あんたは佐賀井の？」

「いまの新造《しんぞう》だよ。以前は、曾田と結ばれるはずだった」

「五年だものな」

女が心変わりするには、充分な月日なのだろう。

「そうだよ」

おゆうはふてくされたような顔でうなずき、

「ほら、お前さん、もう一人、斬られたいのが来たよ」

そう言って、佐賀井たちのところに近づいて行った。

おゆうとしては、佐賀井たちの楽勝と踏んだのだろう。

ところが、そこからは竜之進にも意外ななりゆきだった。

「それは、もともとわしらのものだ」

と、年寄りが小さな滝を指差して言った。

「もともとはどうだか知らぬが、いまはわしらのものだ」

佐賀井はせせら笑うようにして言った。

「うきまさま、どうしましょう?」

と、一人が年寄りに訊いた。

「わからぬやつらよのう」

年寄りは言った。

「では?」

「斬ってしまうがよい」

年寄りがうなずくと、三人の若い男たちはたちまち動いた。

刀を抜き、身体を左右に揺するようにしながら突き進むと、

「たぁっ」

「とうっ」

男たちのあいだをすり抜けるように走った。

笑っていた佐賀井たちの顔色が変わった。

だが、すでに遅い。

それは、対決などというものではなかった。

男たちはすり抜けただけである。それで佐賀井たちは皆、一刀のもとに斬られ

た。

いちおう遣うと見えた佐賀井も、近寄っていたおゆうも、たちまち斬り伏せられ、地面に転がってしまった。

油断もあっただろうが、それでも凄い。

「ほう」

竜之進は唖然《あぜん》として眺めるばかりである。

それから男たちは、小さな滝の上を短刀などで掘り出した。

がきっ、がきっ、という音がして、やがて銀色をした塊《かたまり》が出て来た。

「これだけか?」

「ほかにはないな」

「なんてこった」

「これか、宝は」

落胆に満ちた、悲鳴のような声だった。

離れたところから見ていた竜之進にも、それがなにかはわかった。

鉛。鉄砲の弾をつくるのに重宝《ちようほう》されたが、それは鉄砲や火薬があってこそだった。

「うきまさま」

と、若い男が年寄りを見た。

「もはやどうしようもないだろう。中納言さまの夢も、とうについえていたのだ。鯛に札をつけるなどということを始めた時点で、夢は終わったのじゃ」

「では、八丈島にもどられるので？」

「徳川の世ではわれらは身を隠さねば生きていけまい。八丈島か、あるいはどこかほかの島か」

男たちが帰り支度を始めたとき、

「やはり、そこの男は」

と、竜之進は年寄りに指を差された。

「なんでしょうか？」

「見られてしまった。しかも、宇喜多秀家の秘宝なども見てしまった」

「わたしは特にしゃべる相手はおりませぬ」

「そうは言っても、人はしゃべるものなのよ」

老人は笑って、三人の若い男たちに顎をしゃくってみせた。

「それなら、わたしもいくつか訊ねたい」

と、竜之進は言った。

「なんだな」

「うきまさまと聞こえたので、宇喜多さまかと思ったが、よく聞くと違う。ゆきむらさまと言っている」

「……」

「もしかして、真田幸村《さなだゆきむら》さま？」

「……」

苦い顔で答えない。どうやら当たったらしい。

伝説の武人である。圧倒的な兵力の差がありながらも、大坂の役では徳川軍は意外に手間取った。それは、軍師として真田幸村が入ったからだと言われている。

幸村は、じつは籠城《ろうじょう》ではなく、家康の出鼻をくじきたかったらしい。だが、城の重役たちに反対され、籠城となった。そのときも城の特徴を考慮して、濠の外に真田丸《さなだまる》という出城《でじろ》をつくった。これで城の守りは完璧になり、徳川軍は攻めあぐねた。もしも、真田丸が健在だったら、戦は長期化し、九州の豊臣恩顧の大名たちが寝返り出したりしたら、徳川の天下もどうなっていたかはわからない。

しかし、真田丸どころかほかの濠までも謀略によって壊されたり、埋められたりして結局、大坂城は裸同然となり、落城の憂目を見ることになった。

大坂の役のあと、真田幸村が城を脱出したという噂はあった。

花のようなる秀頼さまを
鬼のようなる真田が連れて
退《ひ》きも退いたり鹿児島へ

そんなざれ唄も流行ったくらいだった。

脱出したというのは本当だったらしい。だが、まさか宇喜多秀家のもとに身を寄せていたとは。

「もうひとつ。先ほどの剣、初めて見る奇妙な剣だったが?」

「鯛が進むと書いて、鯛進《たいしん》流。タイ捨流と間違えられたくはない」

老人は言った。

竜之進は奇妙な剣術があると聞いて下田に来たのだが、それはこの鯛進流のことだったのだろう。

「鯛が波間を走るような剣ですな」

「それを見て編み出した剣だよ」

「真田幸村さまが？」

「わしだけではない。すでに亡くなったが、根津甚八《ねづじんぱち》や、佐助《さすけ》、才蔵《さいぞう》などという者たちといっしょにな」

「そうでしたか」

ほかの名は知らなかったが、幸村とともに大坂城から逃げて来て、この地や八丈島などで研鑽《けんさん》を積んだのだろう。

もちろん、徳川打倒の夢とともに。

「この者たちは、その息子たちだ」

「なるほど」

「冥途《めいど》の土産《みやげ》になったかな」

「それはどうでしょう」

三人がこっちに突進して来た。

なるほど海中を進む鯛のように見える。

しかし、人にヒレはない。要は足さばきである。

竜之進も動いた。

すでに頭に刻んだ剣である。しかも、真似ではない、本物の鯛の泳ぎもさんざん見ている。

鯛は止まらない。

この者たちの動きも止まることはない。

相手の脇をすばやくすり抜ける。そういう剣法なのだ。

だが人は、止まることも、後ろに下がることもできるのである。

竜之進は後ろに走ると見せかけて、踏ん張り、振り返って後ろへ斬ってかかることができる。

かちん。

火花を飛び散らし、刃を弾《はじ》いた。

しかも、人は鯛と違って、横にも跳べるのである。

横に跳んで、刀を振る。

これで一人。

ほぼ同じ動きを三度した。

「ううう」

若者たちは地べたを這っていた。

斬ってはいない。峰を返しておいた。

三社流はむやみやたらに人を斬らないことを身上とする。

「なんと、鯛進流が敗れたのか」

真田幸村は肩を落とした。

「お約束する。決して真田幸村さまのこと、他言《たごん》はいたさぬ」

そう言って、竜之進は踵を返した。

望月竜之進は、そのまま下田にはもどらず、江戸に引き返した。

真田幸村と三人の若者が、ふたたび八丈島にもどったのか。あるいはどこかほかの島にでも渡ったのか。いまだ、それを確かめることはできずにいる。

第五話　左甚五郎《ひだりじんごろう》のガマ

一

　茶店のわきにさほど大ぶりではないがかたちのいい桜の木があって、いまは満開に咲き誇っている。空は晴れ渡り、うららかな春の日差しで、街道の彼方は無数の糸が戯《たわむ》れるように揺らめいて見えた。

　ついついあくびが出そうな、のどかな春のたたずまいである。

　ところが、そんな景色にはふさわしくない怒号《どごう》が、茶店の中でわき起こった。

「そうまで言われちゃ我慢がならねえ。おい、果たし合いで決着をつけようじゃねえか」

　色の黒い、筋骨逞《たくま》しい若い男が立ち上がっていた。細い目が青眼《せいがん》に構えた刀のように吊り上がっている。

「果たし合いとな……」

怒鳴られた方の、長身で総髪《そうはつ》の三十歳くらいの侍は、困った顔で若い男の顔を見上げている。

さっきまでは笑いながら二人のやりとりを聞いていた茶店の客たちも、話の雲行きがとんでもないところに行ってしまったので、そっと席を立ったり、少しずつ尻を遠くにずらしたりしていた。

「なにもそこまでせずともいいと思うがの」

と侍はなだめるように言ったが、

「やかましいやい、馬鹿にしやがって。ようし、いいか。明日の夜明けに、そこの河原で立ち合うことにするべえ。木刀でも真剣でも好きな方で相手になってやらあ」

「それは構わぬが、明日とは。わたしは旅の途中なんだがなあ」

「こっちにも都合ってものがあるのよ。おい、お前の名と流儀を聞いておこうか。おいら、留吉《とめきち》といって、このあたりじゃちったあ知られた一刀流の遣い手よ」

「わたしは、望月竜之進。三社流というのを遣うのだがな」

どうもこの侍の口調は、終わりがシャキッとしないのが特徴らしい。もっとも、はっきりしないのは口調だけでなく、人相もかなりとぼけている。顔立ちは決してまずくないのだが、八の字に下がった眉がこの侍から精気や怒りの感情を取り除いてしまったようだった。

留吉と名乗った男は、両手両足をひっくり返った蟹《かに》のようにばたつかせながら、

「いいとこ半殺しだべ」

そう言い捨て、街道を走り去ってしまった。

残された望月竜之進は、留吉の後ろ姿を眺めながら、

「なんだ、あいつは。勝手な男だなあ」

と、つぶやいた。

ふと、茶店の中を見回すと、客や店の主人などは、硬い顔つきで俯《うつむ》いてしまっている。竜之進は照れ臭そうに、耳の下のあたりを五本の指で強く掻いた。

ここは、日光《にっこう》街道沿いの栗橋《くりはし》の宿である。千住《せんじゆ》から数えて七番目の宿にあたり、ここで日光街道と日光御廻道《おまわりみち》の二つの道が一つになる。日光参詣や参勤交代の往来が活発になったため、近年、この宿場も大いに賑わうようになった。関所や本陣も設けられ、慶安《けいあん》のこの頃（一六五〇年頃）にはすでに街道の重要な宿場の

一つとなっている。

目の前を利根川《とねがわ》が豊かな水を湛《たた》えて流れている。三月になって、山の雪解けが水量を増やしているようだった。

望月竜之進は、春霞の中を古河《こが》の方から渡し舟で利根川を渡ってきて、関所を抜け、茶店で一服しているときにこのいさかいに巻き込まれたのである。きっかけはなんとも他愛ないことだった。

「なあ、おやじ。山道で狼と出合ったときのために、掌に虎という字を書いておくといいってのは知ってるかい」

茶店の主人に留吉がそんなことを大声で話しかけていたのである。

「知らんなあ」

「狼の野郎はすくんでしまって身動きできなくなっちまうのよ」

「ふん……」

茶店の主人は面白くもなさそうな顔でそっぽを向いた。留吉の話もそれで終わりのようである。

そこへ竜之進が口を挟んだのだった。

「その話にはつづきがあるのではないか?」

「つづき？　そんなものはねえよ」

「すると、そなたは狼が出たときには掌の虎という字を示せばいいと思っているのだな」

「なあに、オレは狼の十匹や二十匹は怖くねえけどよ」

竜之進は留吉の顔をしばらく見つめ、一度ニヤリとして、

「その話はこうなるのだ。掌に虎という字を書くといいと言われた男が、山の中で実際、狼に出くわしてしまった。教えられたとおりに虎と書いた掌をかざしてみたが、狼はいっこうに怯える気配を見せない。必死で逃げて命からがら戻ってきた男は、このまじないを教えた者に文句を言うのだな。狼は虎の字を見ても、ちっとも怖がらなかったぞと……」

ここで竜之進は茶店の中を見回し、

「すると、文句を言われた者は、なに喰わぬ顔で、なあに、そいつは字の読めねえ狼だったのよ……」

茶店に笑いが満ちた。先程までつまらなそうな顔をしていた茶店の主人も手を叩いて笑っている。

しかし、留吉だけはこの話を理解できないようだった。それどころか、しばら

「ふざけたことをぬかすな。字の読める狼なんているか！」

と怒り出したのである。

「すまん。怒らせるつもりじゃなかったのだがな」

竜之進は詫びたが、留吉の怒りはおさまらず、ついには果たし合いの約束にまでこじれてしまったのだった。

——だが……。

竜之進は茶店にぼんやり腰を下ろしたまま、考えている。

——あの留吉というのは、わたしの書き付けをのぞきこんだから、あんなふうに強気になってしまったのだろうな……。

書き付けというのは、竜之進が路銀《ろぎん》を稼ぐためにおこなってきた他流試合の賭けの相手を探すためのものである。立ち合い料として一両をもらうが、もし負けた場合は五両を返す旨が、布に記されている。これを、宿場の外れなどで道端に広げ、相手を待つのだった。

その文のわきに○と×の印がいくつも書かれてある。もちろん他流試合の勝ち負けを示したものであり、その数は○が九個で、×が二十八個となっていた。さきほど、茶をすすりながら、今朝、古河でおこなってきたばかりの勝負の結果である新たな×を墨で付け加えていたのだが、その様子を留吉はうすら笑いを浮かべながら見ていたのであった。

――とすると、悪いことをしたかな。

じつはこの勝ち負けの数は、実際の勝負にはあまり結びついていないのである。竜之進は打ち合いを始めてしばらくすると、必ず相手に対し、

「拙者が負けたことにするから、あの一両はいただけないか」

と小声で持ちかけるのだ。どうも侍らしくない申し出であるが、

――これは路銀を得るための手段なのだから、相手に怪我までさせることはない。

というのが竜之進の考えなのである。

はたして、数度、打ち合った相手は竜之進の強さに内心舌を巻いているから、見物人の手前、実を捨てて名を取るこの申し出をたいていの者が承知した。すると竜之進は途中で木刀を投げ出し、「参りました」と告げるのである。その数は×の二十八個のうち二十一個を占めていた。この申し出を断った者は、皆、竜之進に○の印と一両の双方を献上することになった。

では、残りの七つの×は竜之進が本当に負けたのかというと、これもそうではない。竜之進のおこなう他流試合は木刀を使っていたが、なかには真剣で立ち合うと言い出して聞かない侍もいた。

「たかが一両で命をやり取りするのは馬鹿げておるではないか」

「一両は二の次のこと。勝負は死ぬか生きるかだ」

こういう御仁には、竜之進は潔く負けを宣言し、一両か、話のもつれ具合によっては五両を進呈することにしていたのである。だから、あの○と×を数の通りに受け取ってしまうと、大きな誤解が生じることになる。つまり、たいして強い武芸者ではないと見くびってしまうのだ。もっともその誤解によって、挑戦者を募ろうという思惑もあったのであるが。

――あれは武芸者相手の誘い水であって、血の気が多いだけの若造を喧嘩に誘うものではないのだが……。

竜之進はなにやら済まないような気持ちになってきて、このまま宿場を立ち去ってしまおうかと思い始めていた。

「お侍さん、あんな男、かまわねえからうっちゃって旅をつづけた方がいいだよ」

声をかけたのは茶店の主人だった。

「この宿場の者か、あれは」

「ああ。この先の岡田《おかだ》屋って旅籠《はたご》の息子だがね、ガキの頃からの暴れ者でどうにも手がつけられねえ」

「力はありそうだな」

「あれが十歳くらいの頃、牛の尻尾を素手で引きちぎったこともあるだよ」

「素手で……呆れた馬鹿力だな」

まさか生きた牛の尻尾がちぎれるわけがない。大方、毛が抜けた程度だろう。

「しかも、数年前から剣術を習い始めたものだから、ますます天狗になっちまっただ」

茶店の主人は、片手に持った団子の皿を竜之進にさりげなく勧めてよこす。

「では、この宿場の者たちも迷惑しているのではないか」

「いいや、さすがにこのあたりの人間には悪さはしねえだよ。ただ……」

「ただ、どうしたな」

「お侍さんみたいな武芸者に喧嘩を売って、これまでも二度ほど果たし合いになっちまっただ。それも、二度とも勝負には勝って、お侍を半身不随にしちまったよ」

主人はまたもや、俯いたまま、団子の皿をこちらに押してよこした。どうやら、悪いことは言わないからこの団子を食って立ち去れと言いたいらしかった。竜之進は菓子に釣られる子供になったようで、思わず苦笑してしまう。

「それなら、なおさら天狗の鼻をへし折ってやった方がよさそうだな」

竜之進がそう言うと、主人は慌てて手を顔の前で振って、

「だめだで、お侍さん。留の野郎は道場の先生を加勢に連れてくるに決まってるだ。前のときもそうだったんだから」

「加勢を？」

「この先の幸手《さって》の町に一刀流の道場があるだで、そこの先生がやってくるだ。負けそうになったら手を貸してもらおうって魂胆《こんたん》だ。だから、悪いことは言わねえ。早く立ち去んなせえ」

「しかし、あの者も幸手の宿の方に向かったから、途中で会ったりするとまずいではないか。まあ、いいさ。加勢を見てから考えることにしよう」

竜之進はそう言って立ち上がった。茶店の主人は泣き出しそうな顔になっている。

「大丈夫だ。なんとか……」

竜之進がそこまで言ったとき、立てつづけにくしゃみを四、五回連発した。さらに、背筋に不快な寒けが這い上がってきて、肩をすくめると、身体がブルルと震えた。

茶店の主人は竜之進の後ろ姿を見送ると、

「なんだなあ、震えているじゃねえか。かわいそうによう」

と呟《つぶや》いた。

二

「また、果たし合いの約束をしてきただと」

幸手にある一刀流道場の道場主である大田源太夫《おおたげんたゆう》は、留吉の話を聞いて大きく顔をしかめ、隣に座っていた師範代の高崎伸吾《たかさきしんご》を見た。師範代も不機嫌な顔をあらわにしている。この二人はともに、人生の辛酸《しんさん》を舐めすぎたような鬱屈《うっくつ》した顔つきをしている。

「ええ。間延びした口調で言いたいことを言う侍だもんだから、ついカッとなってしまいましてね。なあに、腕はたいしたことがないと分かっていますから、今度もそばで見ていてもらえれば、結構ですので」

留吉の私闘に付き合わされるのは、これで三度目である。いちおう他流試合は禁じているのだが、道場の外で約束してくる果たし合いまでは見張りようがない。しかも負けたりすれば道場の評判にも傷がつくので、喧嘩っ早い留吉は困った門弟なのである。

といって、留吉を破門にするわけにはいかない。留吉は近在で顔が広く、この道場の門弟の大半が留吉の紹介で入門してきた者たちだったからである。もしも留吉を破門することになれば、何人もの仲間も辞めていくだろうし、今後の入門者も見込めなくなる。せっかく安定した道場経営が危うくなることだけは避けなければならなかった。

「それで、相手は何流を遣うのだ?」

「ええ、それがサンジャ流とかいう聞いたことがない流派なんですよ」

「サンジャ流?」

道場主は知っているかと訊ねる目で、師範代を見た。師範代も黙って首を横に振るだけである。もっともこの頃、さまざまな流派が多くの剣客によって次々と編み出されている。田舎の道場主が知らない流派も少なくはないのだった。

「どのような字を書くのだ？」

「いやあ、口でそう言ったのを聞いただけですからね」

留吉はそういえばあの布切れに流派と名前が書いてあったような気もしたが、結局思い出せなかった。


「サンジャ流？　どのような字を書きますのでしょうか」

訊いているのは宿場の外れにある旅籠、岡田屋の主人である。

竜之進は、気候も暖かくなってきたのでここ数日は野宿で旅をつづけてきたのだが、どうも朝から身体の具合がおかしいのである。嫌な寒けがつづいているし、頭の芯に痛みがある。今晩は宿でゆっくり身体を休めた方がいいと思い、それに宿の息子なら果たし合いをとりやめにする相談もできるだろうと、岡田屋に草鞋を脱ぐことにしたのだった。

竜之進は二階の八畳間に案内された。まだ日暮れには間もあるのに、相部屋の老人が窓際でくつろいでいた。小柄な年寄りだが、ちらりと竜之進を見た目は意外に鋭くて、油断がならなそうである。

軽く頭を下げ、話もせずに寒けのする身体を横たえていると、宿の主人がやってきて、竜之進にさまざまなことを根掘り葉掘り問いかけたのであった。

――おそらく、さっそく息子の決闘の噂を聞きつけたのだろう。

そう思った竜之進は鬱陶しくもあったが、訊かれたことには答えていた。

「字はなんでもいいのだがな。まあ、三つの社という字をあてておる」

「このあたりではあまりお聞きしない流派ですな」

「それはそうだろう。わたしが三年前に始めた流派だからなあ」

「ほう、あなたさまが」

三社流は望月竜之進がまったく新しく編み出した剣法である。どこの流れも汲まない。

「ほかになにか訊きたいことがあるのではないかな」

竜之進は岡田屋の主人に笑いかけた。

「いや、別に」

「そうか。じつは明朝、このあたりに住む無鉄砲な若者と決闘をすることになってなあ」

「さ、さようでしたか」

「少しばかり力があるのをいいことに、剣の方もできると天狗になってしまったらしい。愚かな若者だよなあ」

「まったくですな」

うなずいたところを見ると、親としても困ってはいるらしかった。

「まあ、軽くあしらってやるつもりではいるが、ただ、わたしは身体の具合があまりよくないのだ。それで困っておるんだがのう」

「勝てそうもないので」

「いや。勝つのはたわいもないが、こんな具合ではうっかり本気を出してしまいそうでな。いくら馬鹿な若者でも、くだらぬ立ち合いで命まで落とす必要はないと思うのだ」

宿の主人はため息をつき、青い顔で立ち上がった。どうやら、息子を捜し出し、明日の決闘を中止させなければと思ったようだった。

その主人の背中に竜之進が声をかけた。

「夕飯まではまだ間もあろうから、すまぬが床を敷いてもらえるか。ちょっと一眠りしたくなってきた」

三

夕飯の支度ができたと下女が呼びにきたとき、竜之進はとてもじゃないが、起きる気分にはなれなかった。寒けがするくせに、身体中は異様な熱さである。しかも頭や節々に重苦しい痛みがあった。

「おら、お侍さん。どうされました。お顔が真っ赤ですよ」

「ああ、どうも悪いものでも食ったようだ。身体が熱くて頭も痛いのだ」

下女は竜之進の額に手をあてた。いかにも人の良さそうな女である。

「あら、ひどい熱だ。風邪をひいたね」

「風邪？　……これが風邪なのか」

「はあ？」

竜之進の素《す》っ頓狂《とんきょう》な言葉に下女は呆れたような声を上げた。

「わたしはいままで風邪なんてひいたことがないんだがなあ」

それは嘘ではなかった。竜之進は生まれてこのかた、風邪をひいたという記憶がないのである。もちろん風邪という病があることくらいは知っていたが、まさかこんなに恐ろしいことになるとは思ってもいなかった。

そもそも竜之進は病気というものをほとんど体験したことがなかった。ただ一度だけ、腐った貝を山ほど食べて腹をこわしたことはあった。そのときの気分の悪さだけを覚えていたので、今度もなにかおかしなものを食ってしまったのだろうと思ったのである。

「そうか、風邪をひいたのか、わたしは」

「風邪をひかない人がいるって話は聞いたことがあるけど、ほんとにいるんですね」

下女は笑いながら言った。

部屋の中でほかにも笑い声がした。先程、窓際にいた老人らしい。竜之進が首だけ回して部屋の中を眺めると、相部屋の客が先程の老人のほかにもあとふたりほどいた。そのふたりも声は出さなかったが、ニヤニヤ笑っている。

「少しは賢くなってきたってことだな」

老人がそう言うと、部屋にいる者全員が今度は遠慮のない笑い声を上げた。竜之進はなにを笑われているのかわからない。

「それで、風邪をひいたなら、どうすればよいのだ？」

「寝てるしかありませんね」

「寝れば治るのだな。一刻（二時間）ほど寝ればいいのかな」

下女はまた、大きな笑い声を上げた。

「一刻じゃ無理でしょう。いま、粥と葱味噌《ねぎみそ》でもつくってきてあげますよ。それを食べてとにかく寝ることですね」

下女はそう言って階下に降りていった。

竜之進は布団を鼻の上まで持ってくると、

「弱ったなあ、これは」

とひとりごちた。

「なにが弱ったのだな」

訊ねたのは老人だった。あとのふたりは、食事をするために、下女の後から下に降りていった。

「いや、なに、こっちのことだ」

竜之進はそう言って目を閉じた。なんだか天井がグルグルと回り始めたからである。目を閉じるとすぐに、再び眠りに落ちてしまった。

汗をびっしょりかいて、竜之進は目を覚ました。物音は聞こえなくなっている。いったいどれくらい寝たのだろうかと、竜之進は首を上げた。

「目覚めたかな」

隣で老人が声をかけてきた。秉燭《ひょうそく》の明かりでなにやら幽鬼《ゆうき》のように見える。他の客はすでに眠っているらしく、老人の声も遠慮がちだった。

「いまは、何刻くらいなのかのう」

「戌《いぬ》の刻（およそ午後八時）あたりだろうな」

首をめぐらすと枕元に粥と葱味噌が置いてある。すでに冷え切っているらしいし、だいいち食欲もさっぱりわかない。全身はまだ熱を持っているらしく、喉だけが渇いていた。

こちらの気持ちを察したように、

「水は茶碗に入っておるぞ」

老人が枕元に茶碗を寄せた。

床に起き直ると、頭がふらついた。水を一気に飲み干して、再び布団に潜り込む。ずいぶんぐっすり眠ったはずなのだが、まだいっこうに回復していないらしい。それどころかもっとひどくなったようだった。

――野宿で雨に打たれたのがまずかったようだな。

昼間は晴れていたのが、夜になって強い雨が降るという日がつづいたのである。

それなのに竜之進は、

「物のしゅんなは春の雨、猶もしゅんなは旅の一人寝」

などと、亡父が愛唱していた隆達節《りゅうたつぶし》を暢気《のんき》に口ずさんで、春雨を面白がってさえいたのだった。

「おぬし、明日の決闘はとてもじゃないが、無理だな」

「決闘？　どうしてそれを？」

「もう宿場中の噂になっておるわ。手配師のようなのが、客を集めて賭けの用意までしておるぞ」

「はあ」

「どうするよ、おい。武士の名誉というのがあるから逃げ出すわけにはいかんだろうし」

なんだか老人はこのなりゆきを面白がっているようである。

「なあに、朝になれば大丈夫だろう」

「いや、無理だな。おぬしのように滅多に風邪をひいたことがない男は、いったんひくと常人よりひどくなる。まあ三日は動けんだろうよ」

「……」

竜之進もこの身体の状態では、老人の言う通りのような気がしてくる。

「それに、おぬしの敵はひとりじゃないぞ。助太刀がふたり入ったようだ。このあたりの道場主と師範代らしい。さっき、下にこの家の馬鹿息子が来ていてな、親父からおぬしのようすを聞いていたわ。親父は止めていたのだが、息子はお前さんのようすを聞いて大喜びよ。手足の骨をへし折ってやると、息巻いておったわ。いまは三人でここの離れで休んでおる。どうするよ、おい」

やはりこの老人は他人の苦境が嬉しそうである。竜之進は少しのあいだ、なにごとか考えていたが、

「ちょっと行ってくる」

と立ち上がろうとした。

「どこへ行く。まさかおぬし、闇討ちでもするつもりか」

「いや。この決闘はとりやめにしてもらう」

竜之進がそう言うと、老人はポカンと口を開けた。

「とりやめって」

「謝って勘弁してもらう」

「お、おぬし、武士であろうが。恥ずかしくはないのか」

「この際だ、仕方あるまい。命を落とすほどの果たし合いではないしなあ」

フラフラしながら立ち上がると、老人が慌てて竜之進の着物の裾を摑んだ。

「待て、待て。おぬしは、すでに名前も流派も名乗っておるだろうが。謝って勘弁してもらったりしたら、名がすたるぞ」

「どうせ、たいした名ではないし」

「まあ、待てっちゅうに。わしがなんとかしてやるから」

老人は無理矢理、竜之進を寝床に戻した。老人は意外に力があるのか、竜之進の力が衰弱したのか、腰を抜かすように竜之進は布団にへたりこんだ。立っただけでも、息が荒くなっている。立ち合うことなどとてもできないことだけは明らかだった。

「おぬしの武名を汚《けが》すことなく、うまく収まるようにしてやるから。まあ、落ち着け」

「どうする気だ」

「その前に礼金の相談だ。どうかな、七両では？」

「七両だと」

その高を聞いて、竜之進はハッとなった。巾着には七両と小銭が入っているのだ。

「ご老人、わたしの巾着をのぞいたな。スリか、貴様は」

「ば、馬鹿なことを言うでないわ。スリだったら、その巾着を持って、とっくに逃げ出しておる。のぞかせてもらったのは確かだが」

「ふん。七両出してしまったら、果たし合いからは逃げられても飢え死にしてしまうわ」

「そうか、では五両で手を打とう」

「五両はわたしの商売の元手だよ」

老人は情けなさそうな顔になって、

「仕方ない。じゃ、二両にまけておくわ」

「駄目だ、一両。それが嫌ならやつらのところで頭を下げてくる」

「タハッ、たった一両か。仕方がない。それで手を打とうか」

それから小さな声で、

「ずいぶん安い命だのう」

と厭味《いやみ》を言った。

「それで、いったいなにをするつもりだ」

「ふん。まあ黙って見ているこった。夜明け前までには仕上げなくちゃならんで、いちいち教えている暇はないわ」

それから老人は、いったん部屋から姿を消すと、次に戻ったときには丸太やら切り株のようなものを運んできたようだった。そんな様子を見ているうち、竜之進はまた、泥濘《ぬかるみ》の中でもがくような疲労感に襲われ、寝込んでしまったらしい。

途中、何度か目を覚ました。竜之進は老人が部屋の隅でのみをふるっているのを、薄目の中でとらえた。

――この老人は左利きか。

そんなことを考えはしたが、熱と疲労が竜之進を捨て鉢にしているらしく、それ以上なにも考える気になれないのだった……。

四

翌朝、東の空がぼんやりと明るくなって、川面や草むらにかすかな光の粒が輝き出した頃――、竜之進はすでに約束の場所に立っていた。

朝陽を避けるように菅笠《すげがさ》を深めにかぶり、抜き放った白刃を右下段に構えている。無理のない構えであり、全身は微動だにしないが、いつ激しい一閃が炸裂《さくれつ》してもおかしくない緊張感を漲《みなぎ》らせている。

やがて――。

河原の上の土手には気の早い見物人たちがちらほらと姿を見せ始めた。

「もう来てるじゃねえか」

「誰だよ、風邪でくたばってるなんて言ったのは」

「駄目だ。おらあ、お侍の方に乗り換えさせてもらうぜ」

どうやら賭け目当ての者も少なくないらしかった。

その無責任な人の塊が二十人を超えたくらいだろうか、あたりにはすでに朝の光が満ちてきていたが、その頃になって見物人を割るようにして三人の男たちが姿をあらわした。

「野郎、もう来てやがったか」

声を上げたのは留吉である。早くもいきり立っているようで、カン高い声だった。後ろに続いた二人の助太刀はさすがに道場を構えるだけあって、落ち着いたそぶりである。

まず、留吉が勢いをつけて一気に土手を駆け降りた。見物の男たちのあいだでウオーッという声が上がった。その勢いで竜之進の前まで駆け寄るのかと思われたが、留吉は突然、のめりそうになりながら足を止めた。

「お、おう。真剣でいいのかよ」

竜之進が手にしていたのが木刀ではなく、真剣であることにようやく気がついたらしかった。

留吉はいったん後ろを振り返った。二人の助太刀もすぐ後ろまでやってきている。留吉はなにか助言を期待したようだが、二人はなにも言わない。鋭い目で竜之進を睨み、鯉口《こいぐち》を切った。

「木刀ならば黙って見ているつもりだったが、真剣ならば我らも助太刀いたすぞ」

と言ったのは、道場主の大田源太夫である。

竜之進はなにも答えず、三人の動きを見つめている。

「高崎、そなたは左に回れ」

大田源太夫は師範代の高崎伸吾にそう言って、自らも抜刀して竜之進の右手に回った。

留吉もそれらの動きを見ると、手にしていた木刀を投げ捨て、腰の刀を抜いた。しかし表情には、すでに構えて三人を待っていた竜之進の気迫に、やや気圧《けお》された気持ちがありありと浮かんでいた。

「野郎、覚悟はできてやがるな」

留吉の声とともに、三人はほぼ等間隔を空けて、竜之進を遠巻きにした……。

これらの様子を、二十間（約三六メートル）ほど離れた芒《すすき》の藪の中で、じっと見入っている二人がいた。一人は夜中にのみを振るっていた老人である。そして、もう一人は——、熱で潤んだような目をした望月竜之進であった。

「まだ気がつかぬようだな、人形であることに」

どてらを何枚も着込み、太り過ぎた蓑虫《みのむし》のようになった竜之進が、呆れたように言った。

「なあに、最後まで気がつかぬさ」

「だが、打ち込めば、すぐにばれるだろうよ」

「ふん。お前さんなら、あの人形に打ち込めるのかな」

老人は鼻でせせら笑った。

確かに見事な構えであった。自然な立ち姿であるが、隙がない。腰は充分に落とされ、足は左右どちらへの変化も可能なように軽やかな開きを見せていた。

当然、人形であるから微動だにしない。それがまた、対峙《たいじ》した者に異様な緊迫を強いているらしかった。

——いったいどんな決着がつくのかのう。

竜之進はそれが自分の人形であることすら忘れ、なりゆきを楽しむ気持ちが芽生えた。

と、そのとき、老人がポツリと言った。

「まずいな」

「なにがまずいのだ」

「かわせみが飛んでおるわ」

なるほど三人と一体の人形が対峙するそのすぐ上で、青みを増し始めた空の一部をもぎ取ったように美しい羽の色をした二羽のかわせみが舞っていた。腹の黄色は野の花のようである。

「あれが人形に止まったら、まずいの」

「え？」

「相手が人だからこそ、あの人形から殺気も恐怖も感じるのよ。しかし、鳥ではそうはいかぬかもしれぬな」

「なるほど。面白いのう」

「面白がってる場合か」

老人の心配をあざ笑うように、かわせみはもつれ合うようにしながら、竜之進の人形の頭や手先をかすめて飛んでいた。

留吉はもちろん、二人の助太刀も一歩も動けないままだった。かわせみがすぐ前を何度となく滑空するのが目に入ってはいたが、それが竜之進の身体に止まったときになにが明らかになるかなどとは思ってもみなかった。

彼らはその見事な構えに、怯え、すくんでいた。

しかし、留吉だけが蛮勇《ばんゆう》を奮《ふる》って動き出していた。右へ右へと足を運んでいく。竜之進の側面に回ろうとしているらしかった。

右手で構えていた大田源太夫の後ろを通って、さらに竜之進の側面へと向かった。

かわせみの片割れが竜之進の肩のわきで、羽を震わすようにして空中に静止した。どうやら、羽を休めるのに格好の物体を見つけたようであった。

そのとき、留吉の目が大きく見開かれた。右斜めの位置に入り、竜之進の顔をうかがったとき、その口元に不敵にも薄笑いが広がっているのを見たからである。

「げっ」

声が洩れるとともに、留吉の顔に激しい恐怖がわき上がってきた。身体がふいに二、三度、ガクガクッと震えたかと思うと、握っていた刀を放り出し、

「参った」

そう叫んで、振り向きざまに逃げた。

大田源太夫と高崎伸吾も、留吉の突然の振る舞いに動揺したらしかった。すばやく互いに見交わすと、

「むっ」

と頷《うなず》き合い、二、三歩後ずさりして、

「ごめん」

「失礼つかまつった」

言い捨てると、刀をおさめ、留吉の後を追った。途中、大田源太夫は大きなため息を洩らし、高崎伸吾は額の汗を手で拭った。

もしも、そのとき彼らが振り向いていれば、二羽のかわせみが竜之進の菅笠の上と肩先に止まっていたのを見ただろうが、彼らは振り向きもしなかった……。

五

三人の男が土手の向こうに消えていくと同時に、藪から老人と、もうひとりの望月竜之進が姿をあらわした。

「ホホーイ、うまくいったのう」

老人が奇声を上げた。

「いつ気がつかれるか、ヒヤヒヤもんだったがなあ」

竜之進はどてらを数枚、着込んでいるのと、高い熱のために足元が定まらなかったが、それでも嬉しそうだった。

ふたりは竜之進の人形の前に立った。

「ほう、よくできているなあ」

「ふん。こんな馬鹿げたことにつかうのは勿体《もったい》なかったの」

竜之進は菅笠をめくり上げると、しげしげともう一つの自分の顔を見た。とくに精巧に彫られてあるのは鼻から下の部分だけだが、彫りのなめらかさといい、彩色の巧みさといい、まさに本物そっくりの出来ばえだった。

「笑っているのだなあ」

竜之進が感心して言った。

「そうよ。こっちに回ってくれば、笑って見えるようにしたのだ。やはり、この笑いが効いたようだの」

「こら、気味が悪いなあ」

「……なるのう」

老人はぼそぼそとなんか言った。

「え、なんだって？」

「ふん。こっちの話じゃ」

竜之進はつくづく人形の出来ばえに見入った。

こうしたふたりの様子を、土手の上に残っていた数人の見物人が、いぶかしそうに眺めている。

やがて、竜之進が刀を自分の腰に収め、人形の着物を剝ぎ取ると、見物人の驚きがここまで聞こえてきた。

「おい、見ろ」

「あれは人形じゃねえか」

何人かが、土手を降りてこちらに歩み寄ってきた。

「あれ、お侍さん。これは人形だったんですかい」

「ハッハッハ、あいつらには内緒だぞ」

竜之進は悪びれることなく言った。

着物を剥いだ人形は、すべてが精巧に彫られていたのではなく、顔の半分と両腕だけが彫られ、あとの部分は枠組みにボロ布を巻いたものだったことが明らかになった。

「ヘエーッ！」

見物の男たちから歓声が起きた。

「留吉のやつ、あいつは達人だなどとぬかして逃げていったけど、人形だったとはねえ」

見物の男たちに笑いが広がった。

その笑い声を聞きながら、竜之進が老人に訊ねた。

「ご老人、お名前をうかがっておこうかのう」

「なあに、名乗るほどの者ではありゃせんよ。一介の大工に過ぎんでな」

「見事なものだのう」

竜之進が褒めると、老人はいかにも嬉しそうに破顔した。ただ、歯が真っ黒で、お世辞にも品のいい笑顔というのではなかったけれど。

「これからどちらに参られるか？」

「わしは今市《いまいち》に用があって行く途中よ。こづかいを稼がせてもらったから、これで若い女子《おなご》でも買わせてもらうわ。ヒャヒャッ」

「わたしは、ここから舟で江戸に向かうことにした。では、ここで別れることにしよう」

「そうだの。じゃあ、若いの、達者での」

ふたりは笑顔で見交わすと、別々の方向へ歩き出していった。竜之進は着ぶくれと高熱のため、老人は高齢のため、どちらも足取りも軽くとまではいかなかったけれど――。

竜之進は江戸へ戻ってから、このときの話を友人に聞かせたことがあった。すると、その友人は、

「そのお人は、もしかしたら、あの名工として名高い左甚五郎《ひだりじんごろう》ではないか」

と推察したのだった。

「左甚五郎……！」

左甚五郎は、寛永《かんえい》の頃に活躍した宮大工である。足利義輝《あしかがよしてる》の家臣・伊丹正利《いたみまさとし》の子とも言われ、後に京都伏見《ふしみ》の禁裏《きんり》大工の棟梁《とうりよう》の元に弟子入りして腕を上げ、根来寺《ねごろじ》の再建や方広寺《ほうこうじ》の鐘楼《しようろう》の建築に携わったと伝えられる。元和《げんな》の頃に江戸へ出て、その後、宮彫りの名人として、上野《うえの》東照宮の昇り竜下り竜や日光東照宮の眠り猫など、いくつもの有名な作を残していた。

だが、左甚五郎作と言われるものは、全国に相当数あって、とてもひとりの人物が彫ったとは考えられない。おそらくその名声を騙《かた》る偽者もずいぶんはびこったのだろうし、あるいは偽物と知りつつ、名物をでっち上げもしたのだろう。

その高名な人物の名前を聞いた竜之進も、一瞬、顔を輝かせたが、すぐに吹き出して、

「いや、ちがうなあ。その老人は、金に汚くて、身なりだって貧しそうだったもの。東照宮の仕事をするほどの人が、小銭にも困るなんてことはないだろうよ」

「そりゃまあ、そうだろうが。でも、そのお人は左利きだったのだろう」

な」

「しかも、わずか一晩足らずで、そうした凄い人形を彫ってしまったというのだ

「ああ」

「そうだ。たしかによくできていた」

「ならば間違いあるまい」

そこで竜之進はもう一度、あの老人の顔や風体、そして物言いを思い返してみた。接してみれば、人の良さが感じられたが、見た目はあくまでもこずるそうで、油断のならない顔つきだった。すべて見た目で判断するつもりはないけれど、あの立ち居振る舞いは宮大工のそれとは思えなかった。だいいち、あの老人は他人の巾着の中身を黙って覗いたりしたのである。それから七両を吹っ掛け、結局、一両にまでまけたのである。あのときの情けなさそうな顔といったら、じつに噴《ふん》飯《ぱん》ものだった……。

竜之進は珍しくさっぱりした口調で断言したものである。

「いや、あれは絶対に左甚五郎などではなかった」と――。

六

さて、この話には後日談がある。

いや、むしろ日光街道・栗橋の宿では、それから十年ほどして起こった、この後日談のほうが有名になり、以後、数十年にもわたって宿場の名物話として語り継がれたのである。

十年後――。

世はすでに万治《まんじ》の時世になっていたが、梅の花が香る早春の頃に望月竜之進は再び、この栗橋の宿を通りかかった。

竜之進は四十の齢《よわい》を重ねていた。相変わらず風采《ふうさい》はパッとせず、諸国行脚《あんぎゃ》もつづいている。ただ、路上の他流試合はやめている。由井正雪《ゆいしょうせつ》の慶安《けいあん》事件以後、浪人者の旅に対する目が厳しくなり、路上の他流試合になど応じる武士はほとんどいなくなっていたのだ。

この日、竜之進は宇都宮《うつのみや》城下に住む旧知の友人を訪ねての帰りだった。朝早くに宇都宮を出て、利根川を舟で渡り、栗橋に入ったのは夕方であったが、春の日はまだ暮れるにはいくらか間があった。

関所には番士がほとんどおらず、人気が少ないわりには奇妙に慌ただしい気配に満ちていたことからして、なにか異様であったが、そのわけは宿場町に入ってしばらくするとすぐに明らかになった。

そこは街道からちょっと裏手にあたる、変哲もない一軒の農家であったが、その家のまわりを大勢の人たちが遠巻きに取り囲んでいたのである。

「どうかしたのかな」

竜之進はそばに立っていた男に訊ねた。

「いやあ、大変なこったべ。斬り合いがあってさ、三人が斬り殺されてさ、鹿島《かしま》家の三人兄弟なんだけど、いや、そいつらは斬った方なんだけど、とにかく三人がこの家に娘を盾に閉じこもっているんでさあ」

なんだかちっとも要領を得ない説明であったが、竜之進は何度か問い直すうちに、事件の概要を摑んだのであった。

つまり、こういうことらしい。この栗橋の関所は代々、四つの家が関所番士の職務を遂行してきたが、そのうちの鹿島家と河合《かわい》家というのはかねてから仲がしっくりいかず、ついに金がからんだいざこざで刃傷沙汰《にんじようざた》に至ったようなのである。

鹿島家の三人の兄弟はいずれも腕が立ち、河合家の次男と、止めに入った他家の者二人を斬り殺し、河合家の親戚筋の娘を人質に取って、この百姓家《ひやくしようや》に立て籠もった。

鹿島家の三兄弟は、河合家の当主と総領に立ち合いを求めているが、

「当主は中風《ちゆうぶ》病みで身動きは取れねえし、総領は度胸なしで、家に逃げこんだまま出てきやしねえべ」

ということである。

すでに近在の代官所や陣屋からも十人あまりの武士が騒ぎを聞いて駆けつけてきたが、人質を取られているうえに、一方の張本人である河合家が逃げ腰なため、この一刻ばかりはなすすべもなく、まわりを取り囲んでいるばかりなのであった。

「ふうむ、なにか策を講じなければなるまいのう」

「どうにもなりゃしねえべ。河合家の総領が覚悟を決めて出てこないことには埒《らち》があかねえなあ」

すると、百姓の隣にいた男が、

「まったくだ。侍がしでかした騒ぎは侍にきちんと片をつけてもらわないとな」

と、しかつめらしい口調で言った。竜之進には見覚えのある男である。すぐに、あのとき竜之進に果たし合いを申し込んだ留吉とかいった男だと思い出した。あの頃の無鉄砲な威勢の良さは、十年の間にずいぶん落ち着いてしまったらしい物言いだった。竜之進はなんとなくおかしくて、つい笑いが洩れた。

留吉のほうもその笑いで十年前のできごとを思い出したらしい。

「あ、あのときの……」

「おお、懐かしいなあ。喧嘩もときが経てばいい思い出だ」

竜之進の親しげな言葉に、留吉はつられたように笑顔を見せ、それから情けなさそうにうつむいた。

竜之進は再び百姓に声をかけた。

「家の中はどうなっておる?」

「どうなってるといいますと」

「家の中には武器になるようなものはあるのかな?」

「いいや、ただの百姓の家ですから。真ん中に囲炉裏《いろり》があって……」

「囲炉裏には薪《まき》は置いてあるかな」

「それは薪ぐらいは置いてますでしょう」

「ふうむ……」

竜之進はかつて旅先で聞いた上泉伊勢守《かみいずみいせのかみ》の逸話を思い出していた。伊勢守がとある村を通りかかったおり、ひとりの野盗《やとう》が小童《こわっぱ》を人質に取って小屋に立て籠もるというできごとに出くわしたそうだ。このとき伊勢守は、村の僧を呼んで法衣を借り、頭を剃ってにわか雲水《うんすい》になりすましたのである。

こうして伊勢守は握り飯を持って小屋に近づき、

「わしは僧侶だからなにもせぬ。腹も減っただろう。ほら、握り飯だ」

そう言って油断させ、手を伸ばした隙に野盗をねじ伏せたのだという。

——伊勢守の伝にならうしかないだろうな。

と竜之進は考えている。しかし、伊勢守の場合は、相手は野盗ひとりであるが、こっちは腕の立つ侍が三人である。

竜之進の双の目が、真ん中に集まったようになった。

「わたしが入っていけば、当然、人質に刀を突きつけるだろうな……一瞬のうちに三人を叩き伏せなければなるまいのう。とすると、なにか目くらましのようなことをしなくちゃなるまいな……目くらましといえば、あのときは人形を彫ったのだったな」

竜之進はブツブツと呟き出していた。

それから目に焼きつくほどの赤い夕陽を眺め、

「あとわずかで日没か」

そう言った後、竜之進は天の啓示でも受けたかのように顔を輝かせた。

「その目くらましがやれるかもしれぬな」


「おぬし一人で、あの家に入るだと」

近在から駆けつけてきたらしい武士が、驚いて竜之進の顔を見た。

「さよう。ちょっとした計略《けいりゃく》を思いついたのでな」

その武士は、傍らの弓を手にした武士に、

「いかがいたしたものかな」

と声をかけた。

弓を持った武士は首を傾げるだけである。この場を統率する者がだれなのか、明らかではないようだった。

「おぬしがしたいというなら勝手にしたらよかろう。ただし、敵はかなりの遣い手ぞろいだ。無事に戻れるとは思わないほうがよろしいぞ」

最初に声をかけた武士がそう言った。どちらにせよ、なすすべもなく手をこまねいているのだから、自分たちの責任のないところで状況が変わるのは、望むところなのであった。

竜之進は忠告にこともなげに頷き、

「ついては、このあたりからなんでもいいが生き物を一匹、見つけてきてはもらえぬだろうか」

「生き物？」

「さよう。ヘビでも鯉でも鯰《なまず》でも、なんでも結構だ」

武士がまわりを見ると、竜之進の話を聞いていたこの付近の武家の家人らしい男が、慌てて畑のあたりに飛んでいった。

「いったいどうなさるおつもりじゃ？」

言葉遣いが先程より丁寧になっている。しかし、竜之進はそれには答えず、なにごとか思案しつづけているようだった。

待つほどもなく、畑に消えた男が戻ってきた。手に大きなガマを持っている。啓蟄《けいちつ》も過ぎ、のそのそ地表に這い出してきたところをとっ捕まったのだろう。

「ほう、ガマか」

「いけなかったですか」

男は肩をすくめた。

「いや、構わないとも。これを入れるカゴがあればいいのだが」

武士が、後ろを振り向いて、

「おい、カゴを持て、カゴを」

と叫んだ。

カゴが届けられると、竜之進はおもむろに袴と着物を脱ぎ、それから一瞬ためらったが、褌《ふんどし》まで外し、一糸まとわぬ姿になった。まわりの者はみな、頭がおかしくなった人間でも見るような目で、竜之進を見つめている。もはや、だれも声をかけようともしなかった。

「そろそろ日暮れかな」

竜之進はそう呟くと、カゴに入ったガマだけを持って、生まれたままの姿で、三人が籠城を決め込んだ百姓家の中へ入っていったのである……。

七

「なんだ、貴様は？」

竜之進が土間に足を踏み入れると同時に、正面から押し殺したような声がかかった。三人の男たちが刀に手をかけた気配がうかがえる。すでに家の中はかなり暗くなっていて、表情の変化までは見て取ることはできないが、その声から察して、素っ裸の竜之進に度肝を抜かれたようだった。

「相談があって参った」

「だれに頼まれて来た？」

囲炉裏の奥にいた男が訊いた。ぼんやり見える分には、この男がもっとも年嵩《としかさ》らしい。囲炉裏のそばで娘の顎に刀の柄《つか》を突きつけているのが次男、いちばん手前に座ったまま、こちらを見つめているのが三男らしかった。

さらに竜之進は、暗さに目が慣れるとともに、家の内部の状況をすばやく頭に叩き込んだ。てっきり六、七歳くらいの小娘かと早合点していたのだが、刀を突きつけられているのが十七、八の年頃の娘だったのには内心、驚いてしまった。

——褌くらいはつけてくるのだったなあ。

と後悔したがどうしようもない。娘は恐怖のあまりなにが起きているのかも飲みこめず、竜之進の裸を目を見開いて眺めていたのである。竜之進は下半身の力が抜けていくような気がした。

「もちろん、河合家の方に頼まれて来たのだがな。ご覧のとおりの姿で、なにも手出しをする気がないのはお分かりであろう」

「おぬし、この娘に裸を見せに来たのかと思ったぞ」

まだ十代くらいにしか見えない三男らしい男が、笑い声をふくませながら言った。どうやらこの男がもっとも冷静な性格であるらしかった。

「相談とはなんだ。早く言ってみよ」

「じつは河合家の家宝を預かって参ったのだ」

「河合の家宝だと」

「さよう、このガマなのだがなあ」

竜之進はカゴの中のガマを差し出し、それとともに一足歩み寄った。

「貴様、我々を愚弄《ぐろう》する気か」

「斬ってしまえ」

上の兄弟たちが同時に怒鳴った。

竜之進は慌てて手を前に広げ、

「なんでわざわざおぬしたちを愚弄しに来なければいかんのだ。わたしだって好きでこのようなところに来たのではない。これは交渉事なのだ」

「兄者たち、まあいいからちょっとこやつの話を聞こうではないか。どうせ我らも差し当たっては動きようもないのだから」

三男が二人の兄の動きを牽制して言った。

「そう、まず拙者の話を聞いてからでいいではないか。おぬしたちは……」

竜之進はできるだけゆっくりした口調で語り始めた。

「十年ほど前だが、この宿場に名工として知られる左甚五郎が滞在していたことはご存じであろうか」

「知らぬわ、そのようなこと」

次男が苛立《いらだ》ちを剝き出しにして言った。

「いや、聞いたことがあるぞ。左甚五郎かは知らぬが、旅の武芸者の人形を彫った老人がいたとは聞いたな」

と言ったのはやはり末の弟である。この男だけはずっとニヤニヤ笑っているのが気味が悪い。しかも油断なく、手を刀にかけているのだ。おそらく居合《いあい》を遣うのだろうと、竜之進は頭の隅で推測していた。

「その左甚五郎がどうしたというのだ」

「じつはそのときに、河合家は内密で左甚五郎に一匹のガマを彫ってもらっていたのだ。百両という大金を積んで」

「河合のやりそうなことだ。なにごとにつけ、金にものを言わせようという奴らだからな」

長男が言った。

「おぬしたちも、左甚五郎が彫った上野東照宮の昇り竜下り竜の話は知っておられるであろう。夜になると、その竜が不忍池《しのばずのいけ》に降りてきて、水を飲むという話だ。これは、何人もの人たちが目撃していることゆえ、まぎれもない真実である」

三人は知らず知らず、竜之進の話に引き込まれていくようだった。

「さて、このガマはその反対なのだ。すなわち昼間はこうして普通のガマの如く動いているのだが、夜、陽が落ちて、あたりが暗くなると、木彫りのガマに戻るという。なんとまあ奇怪なガマよのう」

「貴様、騙っておらぬだろうな」

竜之進は次男の言葉を無視して言った。

「そして、このガマをおぬしたちに進呈するから、どうか騒ぎを収めて、この地をすみやかに立ち去ってもらいたいと、河合家ではかように申しておる。おそらくこのガマを江戸で売り払えば、三百両は下るまい」

「三百両……」

長男が生唾を飲みこむ音がした。

竜之進はこれまでとはうって変わって、早口で怒鳴るように言った。

「まず、この奇怪なガマをご覧になってから、逃亡するなり討ち入るなり決めても遅くはありますまいッ。まもなく日も暮れましょう」

わずかのあいだ、家の中は静まり返った。

またも口を挟んだのは三男だった。

「まあ、いいじゃないか。兄者たち。こいつの振る舞いを見届けてみようじゃないか。どうせ、我らが動くにしても暗くなってからのことだろう」

「む、お前がそう言うのなら」

「こやつが変な動きをしたなら、ただちに斬って捨てるさ」

そう言って三男は、竜之進の左側に片膝をついた。刀に手がかけられ、おかしな振る舞いは些《いささ》かも見逃さぬという目で、竜之進を見据えた。

その向こうの次男も、抜刀して刃を娘の首筋に近づけた。

さらに囲炉裏の向こうの長男もそれに倣《なら》って刀を抜き、これは下段に構えた。

長男と竜之進のあいだには自在鉤《じざいかぎ》が下がっており、邪魔な存在になっていた。

竜之進は土間から板敷の上にあがると、囲炉裏の前に座り、カゴを兄弟たちの前に差し出した。

外はすでに陽が沈みかけたらしく、高窓には淡い夕焼けの色がかすかに滲《にじ》むように残っているだけである。どこからかほのかに梅の香りが流れこんできていた……。


「さて、そろそろ固まり出した頃かな」

そう言ってから、竜之進は明かりをつけていいかと訊ねた。

「動くな」

三男が竜之進の動きを牽制した。

「しかし……」

「それは、こちらでやる。兄者」

三男が次男を促した。

次男が小さく頷く。

「それでは。明かりの向け方に呼吸が大事なので、拙者の言う通りにやって欲しい」

竜之進が言った。

「かすかな明かりを向けると、夜明けが近いと勘違いされてしまう。強い明かりを向けてやってくれ。そう、そこに藁束《わらたば》がござるな。それに火をつけてガマに近づけるのだ」

次男は兄弟たちが油断なく構えているのを確認したうえで、竜之進の言う通りに実行した。囲炉裏を掘り起こし、小さな種火を探り、それからそばにあった藁束に火を移す。

一瞬にして、部屋に明かりが満ちた。

すかさず竜之進が、

「もしもまだ固まっていないようだったら、すぐに火を消してくれ。長く明かりを当てると、固まりかけたのが元に戻ってしまう」

このとき――、竜之進が目を細め、その火を決して見つめようとしていないことに気がついた者はいなかった。

次男は燃え上がる藁束をカゴに近づけた。

カゴの中で炎の熱さを感じたらしいガマがピクリと身じろぎした。

「動いたぞ」

「あ、すぐ火を消して」

竜之進が言うと、次男は藁束の火をすぐに足で踏みつけて消した。

と――、それまで明るい光に満ちた家の中が、再び暗くなり、前よりも深い、漆黒《しっこく》の闇が訪れてきた。

しかも、おそらく男たちの目の中には、炎の輝きがくっきりした残像となって刻み込まれたに違いなかった。それは漆黒の闇をさらに見にくい斑《まだら》模様に塗り変えたはずである。

そして、この一瞬こそ、竜之進が待ったものだった。

斑の闇の中で電光のように竜之進の動きが弾けた。すばやく囲炉裏の薪――いちばん摑みやすそうなものはすでに物色《ぶつしょく》してあったが、それを握ると、まず左手の三男の首のあたりに激しい一撃を加え、返す手で正面の次男の脳天を真っ向から叩いた。

「トアッ！」

間髪《かんはつ》を容《い》れず、竜之進は大きく囲炉裏の上を跳び、足が床に着く前に最後の長男の顔面を真っ直ぐに鋭く突いた。

一連の動きは、ほとんど一動作ともいえる流れの中で完遂したのである。それは、竜之進が先程から何度も頭の中で繰り返した動きのとおりであり、三社流の極意のすべてでもあった。暗闇の中で鈍く嫌な音が、三度しただけですべてが終わったのである。

竜之進はわずかのあいだ身構え、耳を澄ました。兄弟たちが立ち上がる気配は感じ取れなかった。竜之進はようやく全身の緊張を解き、おそらくは竦《すく》み上がっているはずの娘に向かって、

「もう終わったぞ」

とだけ言った。

娘に肩を貸した竜之進が外に出てくると、取り囲んだ人垣から歓声が上がった。竜之進が武士たちに声をかける。

「奴らは気絶している。さあ、いまのうちに縄を」

五、六人の武士がそれでも恐る恐る百姓家に近づいていった。
先程、話をした武士が満面に笑みを湛《たた》えて寄ってきた。

「お見事でござった。いったい、どのような計略を取られたのか」

「いや、なに、たいしたものでは」

竜之進は口を濁したが、

――十年前のできごとがなかったなら、あのような計略は思いつかなかっただろう。

と思った。

それから竜之進は、

――あの老人はやはり左甚五郎だったのだな。

と確信していた。というのは、先程、鹿島家の三兄弟に撃ちかかろうとした寸前、あの老人がつくった人形の構えが身体の中にまざまざと蘇るのを感じたからである。

――あれほどのかたちをつくれる人が本物でないはずがあろうか……。

そして、竜之進はあのとき老人が残した言葉を、いまごろになって思い出していた。

「こんな禍々《まがまが》しいものを彫った後は、仏でも彫りたくなるのう」

左甚五郎はそんなことを言ったはずであり、その気持ちはよく分かるような気がした。自分の手の中にも長男の顔を突いたときの嫌な感触が残っている。竜之進は、名工が最後に残した人なつっこい笑顔を懐かしく思い出していた。

春とはいえ、夜風はかなり冷たいことを感じたのはそれからである。慌てて脱ぎ捨てていた着物を身につけ出したが、大きなくしゃみを続けざまに三つ、連発した。ぞくぞくするような寒けが背筋を這い上がってくる。

「これはいかんな」

望月竜之進は、どうやら十年ぶりの、生まれて二度目の風邪をひいてしまったらしかった。

《初出一覧》

「淀殿の猫」
「小説宝石」二〇一六年一月号掲載
「服部半蔵の犬」
文庫書下ろし
「宇喜多秀家の鯛」
「小説宝石」二〇一六年四月号掲載
「番町皿屋敷のトカゲ」「左甚五郎のガマ」
『厄介引き受け人 望月竜之進 二天一流の猿』（竹書房刊）収録

光文社文庫

文庫オリジナル／傑作時代小説
服部《はっとり》半蔵《はんぞう》の犬《いぬ》　奇《き》剣《けん》三《さん》社《じゃ》流《りゅう》　望《もち》月《づき》竜《りゅう》之《の》進《しん》
著　者　風《かぜ》野《の》真《ま》知《ち》雄《お》

2021年12月20日　初版1刷発行

発行者　鈴　木　広　和
印　刷　豊　国　印　刷
製　本　ナショナル製本

発行所　株式会社　光　文　社
〒112-8011　東京都文京区音羽1-16-6
電話（03）5395-8149　編　集　部
8116　書籍販売部
8125　業　務　部

ISBN978-4-334-79289-3　Printed in Japan

組版　萩原印刷

KOBUNSHA